蘇州博物館藏
晚清名人日記稿本叢刊

卷壹

蘇州博物館 編

文物出版社

◆潘世恩《潘世恩日記》◆潘曾瑩《丙午使滇日記》《鎖闈偶記》《癸丑鎖闈日記》◆潘曾綬《潘曾綬日記》

圖書在版編目（CIP）數據

蘇州博物館藏晚清名人日記稿本叢刊：全7册 / 蘇州博物館編. -- 北京：文物出版社, 2016.5
ISBN 978-7-5010-4563-1

Ⅰ. ①蘇… Ⅱ. ①蘇… Ⅲ. ①日記—作品集—中國—清後期 Ⅳ. ①I265.2

中國版本圖書館CIP數據核字(2016)第068644號

蘇州博物館藏晚清名人日記稿本叢刊

蘇州博物館　編

責任編輯：李縉雲　賈東營
出版發行：文物出版社
社　　址：北京市東直門内北小街2號樓
郵　　編：100007
網　　址：http: //www. wenwu. com
郵　　箱：web@wenwu. com
製　　版：北京華藝創世印刷設計有限公司
印　　刷：煤炭工業出版社印刷廠
開　　本：787×1092　1/16
印　　張：273.25
版　　次：2016年5月第1版
印　　次：2016年5月第1次印刷
書　　號：ISBN 978-7-5010-4563-1
定　　價：4200.00 圓（全7册）

《蘇州博物館藏晚清名人日記稿本叢刊》編委會

序言

地處江南腹地的蘇州，因其山水清嘉，人文秀逸，自南朝以來即是外來者嚮往的遷徙佳地，至明清兩代移民潮趨於頂峰。各地大量士民的湧入，使不同的語言、風俗、觀念、文化得以融匯交流，在溫軟沖淡、極具包容性的東南一隅，逐漸兼收並蓄，孕育出燦爛輝煌的城市文明。僅就科舉史而言，這座小城便擁有四十五名文狀元、五名武狀元，崇文之盛，才俊之富，相較任何通都大邑均不遑多讓。

而自唐宋以來，吳中就有寫經印本供養於古剎浮屠，尤其是明清以來，藏書家、刻書家層出不窮，如錢謙益絳雲樓、錢遵王也是園、黃丕烈士禮居、潘祖蔭滂喜齋、瞿氏鐵琴銅劍樓等，皆獨步一時，為書林翹楚。雖歷經千年滄桑，珍善之本，完好如初，流傳有序，成為古城蘇州文化的見證。

蘇州博物館自二十世紀六十年代草創之際，前輩們便積極搜求古籍文獻，而諸多社會賢達亦紛紛回應，將家藏珍品捐獻國家。朱德元帥的恩師李根源先生、民國元老何亞農的子女、俞曲園後人俞平伯先生、海粟樓主人王佩諍教授、顧沅後人顧翼東教授、柳亞子夫人鄭佩宜女士、過雲樓後人顧公碩先生等，是其中代表。『文革』期間，蘇州博物館搶救並保護了大量的古籍善本，並完好保存至今。

目前，館藏中文古籍十萬餘冊，大抵為辛亥革命（1911）以前的稿本、抄本、校本及印本，雖不云多，堪稱精善，尤以佛教經卷、地方文獻、碑帖拓本、名家手稿等為特色。自二〇〇七年開展的全國古籍普查工作開展以來，蘇州博物館已有六十七種善本入選國家珍貴古籍名錄，一百二十七種善本入選江蘇省珍貴古籍名錄，其中不乏歷史文獻性、學術資料性、藝術代表性俱佳的古籍珍品。

清代蘇州四大巨姓『彭宋潘韓』中，號稱『貴潘』的潘氏家族，是明末清初從歙南大阜遷來吳下的徽州移民，世稱大阜潘氏。其二十五世孫潘景文（號其蔚）于康熙初年在蘇城黃鸝坊橋西購宅，成為大阜潘氏遷吳始祖；到二十九世孫潘奕雋（號三松）高中進士後，正式將戶籍改入吳縣籍。潘氏世代經商有成，但為家族長久之計，歷來孜孜以求博取功名，從潘景文起積四代百年之功，終於在乾隆三十四年（1769）己丑科，潘奕雋（1740—1830）成為潘家第一個進士，從此以後潘氏子弟科場連捷，潘家亦由普通商戶一躍而為簪纓世家。有清一代，潘氏共有狀元一名、探花二名、進士六名、舉人三十六名、秀才一四二名、貢生二十一名，其中三十世孫潘世恩（奕藻子、奕雋侄）為乾隆五十八年（1793）癸丑科狀元、三十世孫潘世璜（奕雋子）為乾隆六十年（1795）乙卯科探花、三十二世孫潘祖蔭（世恩孫）為咸豐二年（1853）壬子恩科探花。潘氏科舉功名之盛，在蘇州這樣一個士族林立、魁元如簇的人文之區也屬鳳毛麟角，令人嘖嘖稱奇。同治初年，三十一世孫潘曾瑩（世恩子）的門生李鴻章任江蘇巡撫時，曾題『祖孫父子叔侄兄弟翰林之家』匾額，高懸于蘇州西百花巷潘宅。潘氏後人、著名版本學家潘承弼的藏書章中，亦有一方二十六字的界邊白文印，曰『祖孫會狀兄弟鼎甲五子登科父子伯侄翰林進士尚書宰相之家』，可謂蓋世無雙，昭示出蘇州貴潘家族的顯赫歷史，巍科巨宦，罕有其匹。

蘇州博物館收藏潘氏家族著述遺墨頗夥，作者從潘奕雋、潘奕藻昆仲起，以迄潘承厚、潘承弼兄弟，包括稿本、鈔本、校本、刻本、石印本和珂羅版本，可謂洋洋大觀。茲選取潘氏家族中十一人、十三種日記稿本，影印出版，以饗讀者：

一、《潘世恩日記》一卷，清潘世恩撰，稿本，一冊。線裝，板框尺寸：28.3×17.3厘米。書衣上墨書『潘世恩日記稿本』七字。半葉十行，每行二十三、四字不等。潘世恩（1769—1854），原名世輔，字槐堂，號芝軒。吳縣人。清乾隆五十八年（1793）狀元，官至太傅、武英殿大學士，謚文恭。潘世恩一生經歷乾隆、嘉慶、道光、咸豐四朝，此為其晚年在北京時日記。潘氏日記稿本存世者，僅此與上海圖書館藏《亦吾廬隨筆》（道光五年至十年）二種。此稿今存道光十八年（1838）二月至二十六年（1846）十二月，惜頗簡略，似亦《亦吾廬隨筆》之儔。稿本入選《國家珍貴古籍名錄》第03984號。

二、《丙午使滇日記》一卷《鎖闈偶記》一卷《癸丑鎖闈日記》一卷，清潘曾瑩撰，稿本，三冊。線裝，版框尺寸：《丙午使滇日記》17.1×10.2厘米，《鎖闈偶記》19.4×11.1厘米，《癸丑鎖闈日記》19.1×11.6厘米。半葉九行，每行二十五字，白口，四周雙邊，單紅魚尾。潘曾瑩（1808—1878），字申甫，號星齋。潘世恩次子。道光二十一年（1841）進士，官翰林院庶吉士、編修，學植深厚，尤長於史學，工詩古文詞。收藏書畫甚富，室名曰小鷗波館。《丙午使滇日記》存清道光二十六年（1846）閏五月十四日至九月初二日，《鎖闈偶記》存清道光三十年（1850）三月初六日至四月初十日，《癸丑鎖闈日記》存清咸豐三年（1853）三月初六日至四月初十日。書後有潘承厚、潘承弼跋。稿本入選《國家珍貴古籍名錄》第03989號。

三、《潘曾綬日記》不分卷，清潘曾綬撰，稿本，二冊。線裝，版框尺寸：19.5×12.4厘米，朱絲闌稿紙，版心上有『受禮廬叢鈔』、版心下有『越縵堂雜著』等字樣，半葉十行，每行字數不等，白口，四周雙邊，單紅魚尾。潘曾綬（1810—1883），原名曾鑒，字若甫，號紱庭。潘世恩三子，潘祖蔭之父。道光二十年（1840）舉人，工詩文詞，著有《陔蘭書屋詩集》。其日記稿本，上海圖書館、天津圖書館等均有收藏，可與此種相配合。此稿存清光緒四年（1878）元旦至七年（1881）十二月二十九日日記。稿本入選《國家珍貴古籍名錄》第03990號。

四、《香禪日記》不分卷，清潘鍾瑞撰，稿本，七冊。線裝，版框尺寸：18.7×12.7厘米，藍格稿紙，半葉九行，每行字數不等，白口，四周雙邊，單藍魚尾。潘鍾瑞（1822—1890），原名振生，字麟生，號瘦羊，晚號香禪居士。諸生。少孤力學，精篆隸，工詞章，長於金石考證，究心文獻。其日記稿本，另有上海圖書館藏《鄂行日記》（已刻）一種。今日記存清光緒十年（1884）正月初一日至十六年（1890）五月十九日。

五、《潘觀保日記》不分卷，清潘觀保撰，稿本，一冊。毛裝，版框尺寸：18.2×15.4厘米，半葉十一行，每行字數不等，白口，四周單邊，單紅魚尾。潘觀保（1828—1894），字辛芝、辛之。室名鵲泉山館。潘亦雋曾孫，潘遵祁之子。咸豐八年（1858）署章衛懷兵備道。潛心經史，詩學韋、孟，兼工西昆。上海圖書館藏有其稿本《十三經異文考異》、《疑年彙編》等。今日記存清光緒八年（1882）六月初一至十年（1884）十二月三十日。

六、《潘譜琴日記》不分卷，清潘祖同撰，稿本。線裝，清咸豐元年所用稿紙有二，一為藍絲闌稿紙，版心上有『花隱盦』，版框尺寸14.5×9.6厘米，半葉九行，每行字數不等；一為朱絲闌稿紙，版心下有『青棠花室』，版框尺寸12.5×9.0厘米，半葉八行，每行字數不等。咸豐二年所用為朱絲闌稿紙，版框尺寸13.8×11.0厘米，半葉八行，每行字數不等。咸豐三年所用為朱絲闌稿紙，版心下有『萬昌製』，版框尺寸13.2×9.7厘米，半葉八行，每行字數不等。潘祖同（1829—1902），字桐生，號譜琴，晚號歲可老人。潘曾瑩長子，潘祖蔭從兄。咸豐六年（1856）進士，選翰林院庶起士，國史館協修戶部左侍郎。咸豐八年（1858）因受順天鄉試舞弊案牽連去官，發配新疆。放歸後以書畫、古籍自娛。室名竹山堂、歲可堂。著《竹山堂聯話》、《竹山堂隨筆》、《竹山堂詩補》及《竹山堂詩文集》等。今存清咸豐元年正月初一日至三年十二月三十日日記。稿本入選《國家珍貴古籍名錄》號03993號。

七、《潘祖蔭日記》不分卷，清潘祖蔭撰，稿本，十二冊。線裝，版框尺寸：第一冊16.8×12.8厘米，半葉十行，每行字數不等；第二至十二冊14.0×9.5厘米，半葉九行，每行字數不等。每冊書衣鈐印幾滿，凡『千載一時』、『如願』、『八囍齋』、『快哉軒』、『文字之福』、『吉祥喜語』、『日報平安福』、『報國在年豐』等五十三印。潘祖蔭（1830—1890），字伯寅、東鏞，號鄭庵。潘曾綬長子。道光二十八年（1848）賞舉人，咸豐二年（1852）一甲三名探花。任翰林院編修、侍讀、南書房行走、侍講學士等，歷任工部尚書、刑部尚書、軍機大臣，卒晉贈太傅，謚文勤。工詩詞，精楷書，尤喜校讐之學，又醉心金石碑版。家藏宏富，其藏古物處曰攀古樓，藏古籍善本處曰滂喜齋。館藏潘氏日記稿本存同治二年（1873）、光緒七年（1881）至十三年（1887）、光緒十五年（1889）至十六年（1890），另有上海圖書館藏《潘文勤日記》，所記為光緒十四年（1888）事，可補本館所藏之缺，此次特將兩處所藏綴合為一，以便讀者研究利用。稿本入選《國家珍貴古籍名錄》第01598號。

八、《彥均室歙行日記》不分卷，潘承謀撰，稿本，一冊。線裝，版框尺寸：13.7×10.4厘米，朱絲闌稿紙，半葉十行，每行字數不等。潘承謀（1874—1934），字軼仲，號省安。潘遵祁曾孫，潘觀保嗣孫。光緒二十三年(1897)副貢，官農工商部員外郎。著有《瘦葉詞》一卷。日記係潘氏與族人赴安徽歙縣展拜祖墓期間所作，今存民國三年(1914)甲寅六月六日至七月二日，不足一月，記錄沿途所見頗爲詳細。

九、《潘子嘉日記》不分卷，潘亨穀撰，稿本，三冊。線裝，版框尺寸：18×13.7厘米，用綠格稿紙，半葉十行，每行字數不等。潘亨穀（1876—1918），字仲衢，號子嘉，又號耐庵。潘曾瑋之孫、潘祖疇之子，出嗣潘祖同後，潘博山、潘景鄭之父。庠生。著有《耐庵詩存》一卷。日記存光緒三十一年

（1905）元旦至宣統元年（1909）除夕，凡五年。

十、《己丑北行日記》不分卷，潘□□撰。線裝，版框尺寸：14.5 × 10.1厘米，朱絲闌稿紙，半葉十行，行字不等。未題作者姓名，據日記所涉及人物，知為潘氏族人，此為光緒十五年（1889）其入都應試日記，始于五月廿六日，終于九月初十日。

十一、《景鄭日記》不分卷，潘景鄭撰，稿本，一冊。線裝，版框尺寸：18 × 13.7厘米，綠格稿紙，大小與其父所用完全相同，僅于版心上方多『景鄭製』三字。潘承弼（1907—2003），字良甫，號景鄭，一號寄漚，室名盉宀、著硯樓。潘亨穀之子，潘博山胞弟。早年受業于吳梅、章太炎門下，精於小學、詞曲、金石、目錄版本之學。抗日戰爭時期，應姊夫顧廷龍之邀，任職于上海私立合衆圖書館，後入上海圖書館工作。著有《寄漚剩稿》、《著硯樓書跋》等。此冊係民國二十二年（1933）日記，涉及章太炎到蘇州講學、商務印書館借印潘氏滂喜齋藏宋元善本等細節。

以上十三種日記，從時間上看，自道光一直延續到民國，將近百年，而作者之間均有親屬關係，所記之事，或可以相互印證。對於研究以上各家，乃至晚清的潘氏家族、晚清蘇州的歷史與文化、晚清的文人生活，無疑均具有重要的參考價值。

蘇州博物館謹識

二〇一六年三月三日

目録

卷肆

卷伍

卷陸

卷柒

潘世恩日記

（清）潘世恩　撰

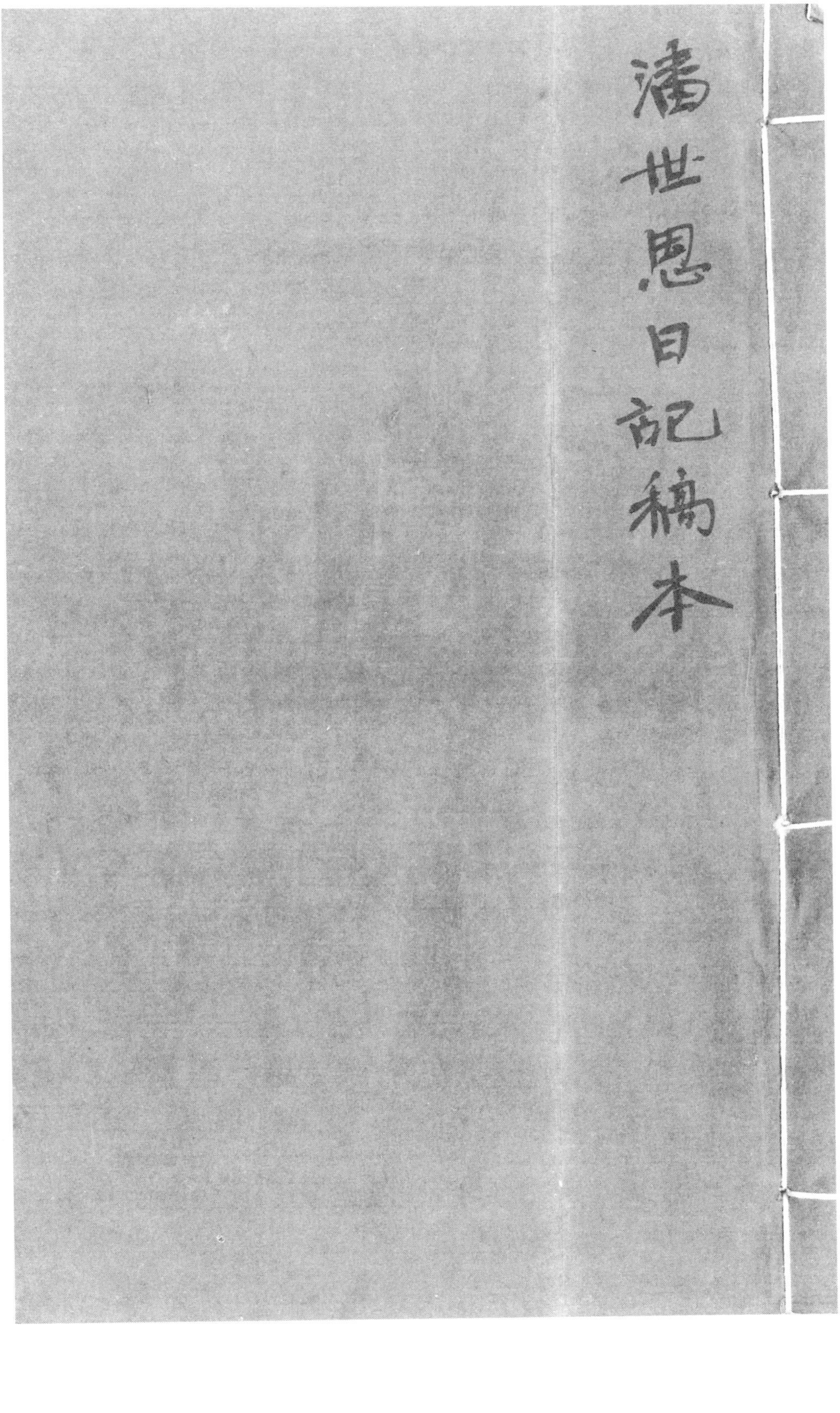
潘世恩日記稿本

上
御經筵敬大空湯大農講四書裕公吳退旃講易經　文淵閣
賜茶初三日史望之請開缺祁竹坡升大冠怡方伯良升廣
東撫程晴峯調蘇藩唐鏡海升浙藩李雙圃升貴臬裕魯山
署蘇臬初四日同奕大宗伯紀奎玉庭揀選分發貴州知縣
十一日琦侯得文淵閣廿三日順之補之姪到京廿三日招
芙香子鶴咏莪小敘廿六日同退旃玉庭鼎甫閱補覆試卷
題不藏怒焉二句舜舉十六相得功字廿九日唐鏡海調蘇
藩宋其沅升浙藩趙丙言補廣西臬三月初三日留京　派
惇肅二王芸臺潤峯初六日揔裁穆鶴舫朱咏齋吳正甫廖
玉夫同考門人單懋謙黃廷瀾李芝昌俱得與初七日和煦

齋　眼弟詩元韻初十日瑩兒送闈作題言必信二句萬物並育二句頌其詩五句泉細寒聲生夜壑得聲字至省崔寓看紅梅十五日進城十六日丑刻出門辰初至黄新莊賞荸薺一桶蜜橘一瓶趙德澥廿四府道十七日至半壁店十八日至秋瀾十九日至梁格庄得兒輩稟知錢峯于二外孫及蔣孫壻俱入泮二十日隨至

昌陵陵寢門行禮回至秋瀾

賞醬菜二瓶廿一日至半壁店

賞線縐袍江紬袍套二副廿二日至新庄廿三日至新衙門廿五日至書房見　阿哥廿七日至舊衙門申正歸廿八日下闈

同省崖至集賢院看海棠四月初一日
賞奶餅初三日同陳偉堂文孔脩閱宗室覆試卷題發而不中二
句風簾入雙燕得飛字巳刻進城同子姪輩至園通觀游善
果寺至極樂寺商正回園十四日同省崖至崇效寺看牡丹
十五日同人至玉庭寓看牡丹上致爽樓乘舟蕩槳數刻而
歸十七日
派同鶴舫惇甫海帆玉庭薏園滇生芾村閱覆卷十八日至禮部
朝房磨勘同子姪輩崇效寺看牡丹散館題富貴浮雲賦以
道德仁義以禮成為韻信及豚魚得孚字二十日
派同惇甫海帆孔修甄甫蘭士鼎甫溥泉殿試讀卷至南齋擬題

進
呈未正至內閣廿一日寅刻請題同至　保和殿行禮散題畢至
文華殿東後閣居住孔脩所預定也廿二日卯刻分卷廿五本
閱畢互閱廿三日同惇甫定十卷廿四日進　呈
召見折封第一鈕福保二金國均三江國霖至　南齋十卷拆填
單帶引　見
賞人參八兩廿五日傳臚廿六日順之移來園寓三十日
派同湯吳奎阜龔文恩許閱　朝考卷順性命之理論敦崇品學
疏力田逢年得豐字取六十二卷閏四月初二日初三日帶
新進士引　見廿四日會審蘇副都統一案

賞芽茶三瓶五月初一日
賞葛四件手巾二塊香串等件初二日送
阿哥書經漆硯界尺扇三分
賞荷囊扇囊大小十件帽緯一匣初九日
賞毛絹大卷袍套二連單綫毛絹袍套一副十三日芸臺開缺省
崖大拜仍管刑部湯敦甫協辦調戶部朱詠齋調吏尚卓海
帆升兵尚姚伯昂升揔憲吳甄夫野左許滇生升刑右出
南齋廖玉夫放浙學廿六日蒙
恩充武英殿大學士穆得文華王充東閣廿七日會審穆陳氏控
案廿八日為李石梧題瓊海浚查圖六月初六日奏結惇邸

一案丁三日門人戴醇士進　南齋十八日見拔貢全單順
天見遺廿三日
派同鶴舫省崖玉庭孔脩退旃海帆小山西溟笙陔溥泉閱拔貢
覆卷三百九十九本取一百九十一本送順之還南宗七律一首卅
日拔貢引　見用小京官六十一員縣七十一餘以教職
從貳用同裕公功舫亭揀選東河從九十二員未入流廿四
員理藩院司庫三員七月十六日
賞榆次瓜十七日醇士放廣東學政廿一日
賞線縐袍褂料八月初十卯刻祝
萬壽辰刻至東樓門聽戲巳正

賞荷包二對茶膏一瓶又荷包四對漆匣一墨一匣緯一匣磁盤
二齋戒牌一袍套一副是日奉聞科
諭旨十一日送　阿哥紙二筆二昌化圖章印盒三分十二日
同樂園聽戲未初二散十三日作理齋兄手輯性理書序十
六日問善英恒慶口供二十日玉庭升禮尚廿二日唁鶴舫
丁内艱廿六日靈官廟案過堂廿七日祝李師母八旬壽壬
子丙辰同人公賀戲席九月初二日
派同奕紀文孔修校閱乍浦防禦弓馬初四日奏結靈官廟一案同紀文
至教場校閱乍浦防禦弓馬初五日訊桓將軍格善副都統
英供初十日翰林院保送御史十二員十三日戶部送滿漢御史

各五只廿六日咏齋仙去敦甫調吏尚退旃調戶尚季思署
禮尚廿八日率三子游龍爪槐龍泉寺十月初一日
坤寧宮吃肉　賞奶餅初四日
賞織染局緞袍套初七日　賞哈密瓜初十日卯刻至
太后宮
上至隨行慶賀禮二十日武傳臚捧榜廿五日善英棨過堂廿三
日奏結十一月十三日
賞黃面貂褂十五日林少穆以　欽差大臣至廣東辦理海口事
務
賞狐頦一百隻廿九日顯公功普過堂十二月初二日奏結初十

賞白魚十二日　賞青果十五日同裕八隆雲章揀選吉林巡
撿為李師母題主十七日
賞黄米饍鹿肉十九日兒輩暖壽省厓玉庭孔脩來同人至　楙
勤殿遞春帖子蒙
賞筆墨紙張等件二十日申刻武備院卿英誠來接奉
御賜熙載延祺扁額弼亮宣猷襄密勿靖共介福錫康强對一副
福壽字各一方梵銅無量壽佛紫檀嵌玉如意黄碧玡玐朝
珠玉甆銅陳設十件繂絲蟒袍二件大卷八絲緞十疋小卷
江紬十件線縐八件春紬八件留
天使三席海帆玉庭陪送英公禮八色廿一日遞謝摺

召見後又同鶴舫諸公見蒙

恩賞花翎[賜白玉翎管]至海帆寓避喧閲所藏書畫飯後歸廿二日遞謝花翎

摺

賞皮糖木瓜等件順之姪寄來宰輔録分送同人廿五日

賞熏肉廿七日

賞福字及緞袍套江紬袍料廿八日領麅鹿

賞廿九日

賞荷包一個大荷包一對小荷包二對三十日

賞荷包一對小荷包一個内八寶十八件手巾六条

十九年己亥年七十一歲元旦

慈寧宮進表

上至隨行禮 太和殿展表 懋勤殿小坐

召見 賜荷包一內金錢二惠郡王晉親王初二日 坤寧宮吃

肉同鶴舫至 上書房初六日下園初八日獐兒生一女初

十進城十二日

御論發下是故君子必誠其意刑期于無刑二句十四下園十五

日 正大光明殿筵宴十六日廷臣宴

賞蟒袍宮燈玉鳳銜牡丹一座洋烟痰盒雕漆盒磁盤十八日招

芝農辛菴芸堂棣如飲廿四日至樓窩海亮案廿五日 玉庭

出軍機

賞織染局袍套廿六日聯少農解任交軍機會同卓海帆祁竹軒
訊問廿七日會審廿八日遞供廿九日宿國子監二月初一
日　聖廟行禮初二日　坤寧宮吃肉初三日
上御經筵賽鶴汀何仙槎講四書桂少宰陳蔚堂講易經
賜茶于　文淵閣初九日
御門全（仝）小汀得少詹黄樹齋得理少黄琮升庶子陸立夫得中允
十六日翰詹大考
欽命題擬魏丁儀勵志賦以洗心退藏于密為韻禮義為器論賦得心共寒
潭一片澄得心字五言八韻賈筠堂有
旨不必考試學士保善病請開缺文贊善藝朱編修　揩攜帶詩賦

革審龍贊善瑛以曳白革職十八日侍等第名單十九日引
見季仙九升少詹李國杞講學喻增高右庶何裕成侍講汪
艮山車克慎趙振祚卻燦單地山慧秋谷俱贊善陸立夫侍
講二十日
派同肅王惠王奕太宰留京廿四日煤窰案過堂三月初二日
上視農具站班初三日
上親耕侍班初四日肅王領合符偕惠王至齊化門外關東店橋
南跪送還至　文華門奕潤峯亦至公同開看合符信牌共
二匣辰正至内閣稽察房前二閣申初散此後每日卯刻到
文華門辰刻各歸住宿處閣二日在内直宿初六日卯刻至

內閣遞　安摺吳退旃開缺何仙槎調戶尚仍署吏尚陳偉
堂升工尚龔季思升禮尚廖玉夫升摠憲許滇生調吏左署
戶右李杜而溟調吏右署倉侍趙菊言補刑右徐惺菴升工右
李國杞放浙學初九日到報知陶雲汀開缺桂良升兩湖督
林少穆調江督朱澍升河撫鄂順安河藩卞士雲湖北臬陳
工生署兩江牛鏡塘署蘇撫裕魯山署藩朱襄署臬十四日
申刻下園十五日卯正交合符支芝紅橋同二王接
駕十六日至　上書房十九日廉敬放成都將軍凱廷戡鈇惠普調烏
魯木齊都統隆雲章放大冦鐵〇仁山升摠憲德興放倉場德
春放兵右德誠調盛京戶部明訓放盛刑奇明保放杭州將

軍道慶放錦州副都統雲章出差甘涼鶴汀署大冦龔季思
署総憲武忠額補副憲廿一日武以原品休致惟勤得副憲
蒙
賞琉球所貢圍屏一架廿五日勞崇光補大考附二等
賞江綢二件廿九日薩湘林調盛京戶部四月初三日
賞奶餅風羊肉嚴迪甫放翠華秦嘉道爲陳秋穀題萬柳堂手卷初
四日德貝子一案過堂初五日領
賞參
御門廣林升少詹博迪蘇得講學吳山松甫升右允初六日吳正甫
放福撫王曉林調刑左來京卓意園放安徽學政王藕堂升

禮左全 書房初七日

派同鶴舫省厓敦甫季思海帆溥泉藕塘芾村閲考差卷題伯夷聖

之二句近文章砥礪廉隅橫琴倚高松得懷字每廿四本取

九本十六日

賞杭緯二匣廿一日考內閣吏部送軍機司員律設大臣法禮順人

情論廿二日考戶禮兵三部射已之鵠論單地山得司業廿

三日考刑工二部鏡是物之聖人論定取廿四本廿八日送

三位阿哥扇易經壽山圖章銅鎮紙 阿哥回送荷包等件

賞芽茶三甌五月初一日

賞扇囊荷包十件扇一匣香包香牌各一匣鵝毛扇宮扇大小香

珠拼串葛布四端手巾二塊藥錠等〃門人和淳沈兆霖放雲南主試趙楫放貴州初四帶考取保送軍機記名十四人初五日慧秋谷得講學

賞寶藍天青屯絹各一連駝色實地紗一連寶藍米色葛紗各一件初七日南〃先生遞遺摺晉太子太師孫光燮一體會試十四日

賞漏地屯絹袍套門人潘鐸放廣東主考阿彥達廣西何紹基福建門人邵燦得湖南主考廿六日同仙槎孔修小山閱考御史卷陳岱霖第一朱桐軒得 上書房辦事派勞辛階廿九日偕鶴舫送桐軒至 書房李芝昌得江西主考李汝嶠得湖北陸費玉泉放廣西藩十八日

賞庫紗四開褉袍一件廿二日黃樹齋得江南主考李方得陝甘
以宣和遺事筆二函送孔脩孔脩以六朝文絜見贈廿四考
滿侍郎京堂起每日五人廿六日戴醇士升庶子七月初五
命書對一直幅一勞崇光得河南主考慧成得山西廿二日
賞織染局屯絹袍褂廿五日至
安佑宮隨行禮廿七日
賞榆次瓜二個廿九日孔修招同鶴舫省崖至寶藏寺小飲初六
日送　三位阿哥春秋筆四十支箋二匣銅水注一蒙
恩充順天鄉試正考官何仙槎恩小山徐辛菴爲副分校門人揚
能格張錫庚王遹昭賈楨初七製艾初八日辰刻接奉

欽命題貨悖而入者二句好仁不好學四句出入無時三句賦得
學古有獲得修字初十日辰刻同監試各房考聚奎堂
萬壽行禮十九日得宗室中額四名二十日出宗室榜九月初九
日填榜初十日發謄錄卷知三媳于初九日去世為作小傳
一篇十一日復
命至上書房十六日李西溟放倉侍郎春圃調吏右吳蘗齋轉左
王藕塘調戶右黃樹齋升禮右廿六日知外孫汪廷栱南闈
中式廿八日同鶴舫至蘇中丞處看菊十月初一日
賞奶餅燻肉初四日
賞織染局緞袍紬褂料一副初九日同樂園聽戲初十日卯正至

太后宮
上至隨行禮至同樂園
賞朝珠金緞帽緯紫檀合又茶膏痰盒荷包四對磁盤二十二日
派同海帆鶴汀仁山至　上諭館揀選湖北知縣十二福建知府
四楊海梁放山西撫十四日
御門廣林得光正長清得通參萬超得光少吳崧甫得洗馬十五
日孫善寶放湖北藩費開綬升雲臬爲胡珠泉題文恪師洛
神賦小楷一幅十七日題文恪師手書朱子讀書法一幅廿
三日
賞哈密瓜廿四日考學正題周公弟也二句海口稽查鴉片策閩

卷陳偉堂許滇生德愛棠德遠村廿七日榜出知瑩兒取第
三名三十日
賞袍面一件十月初八日瑩兒引　見　記名共十八人初十日
遞摺率瑩兒謝
恩十二日程憩棠升安撫邵甲名升安藩十三日文麟升安臬徐
寶森調東臬十七日
賞吉祥豹五百張十九日
賞燕窩一匣魚一尾廿一日請假服藥廿六日銷假廿八日至内
閣過堂三十日
賞天馬袍一件十二月初一日鄧嶰筠調江督林少穆調兩廣裕

滿多歡帝與双宝
信良朕宗眾勒以
阿文銕瑞玉鳳保
同文宝鼓
律芝芝瑞荷蘇達
居方與壺文律交
瑤岐是盡嘯

魯山升蘇撫邵甲名調蘇藩管叔（茁）軒升安藩劉體重升江西
臬陳玉生　贈宮少保照總督議卹伊子　賞舉人初四日
至戶部過堂一等滿十一人漢六人初五日至戶部定筆帖
式一等十五人初十日為顧史熏題唐梅畫幅十一日至翰
林院過堂定讀講編檢一等十人聽官一員筆帖五員起居
注主事一員筆帖二員十三日黃樹齋調刑右毛伯雨升禮
右十六日董夢齡一等案過堂十七日伊莘農調兩江鄧嶰筠
調雲貴十八日奏結董夢齡案十九日朱桐軒放湖北學政廿
一日隆雲章進軍機送　三位阿哥文鋻筆筒硯墨廿二日
黃樹齋祁春圃至福建查辦事件鄧嶰筠調浙閩桂燕山調

雲貴廿三日
賞皮糖文丹佛手木瓜廿四日奏陳偉堂全孚以供結案
派同定王等審慶玉一案琦琛解任文露軒署馬蘭鎮文孔修出
軍機廿六日廖玉夫升工尚祁春坡升總憲沈薏園調吏右
賞紬緞四連　賞福壽字廿七日馮遴園升禮右
賞佛手等四色廿八日
賞荷包四對又一個廿九日
賞荷包手巾又小荷包一個内銀件十八
二十年庚子七十二歲元旦卯刻
上至

慈寧宮隨行禮同省崖
太和殿展表　懋勤殿小坐閱法帖等件
召見　賞金錢荷包省崖加宮太保初二日進春帖子
坤寧宮吃肉同鶴舫至　上書房領春帖子
賞初三日下園初七日恩蘭士開缺調理阿勒清阿放熱河都統德
誠調刑右惟勤放　盛京刑侍初八日隆雲章調戶尚十一
日寅初進內
大行皇后于丑刻崩逝即日成服十四日同定王奕潤峯刑部諸
公過堂慶玉汪毓金二案
賞元宵十五日奏琦　睿親王禧公口供

派同刑部審陳八案添　派定王湯敦甫丁七日上
皇后尊謚
上親定爲孝全十八日李仙九放浙江學政遞紀四爺口供奉
旨革審十九日又遞供奉
旨箠問嚴審廿一日同定王諸公摟下過堂廿六日
賞織染局袍褂京察本下奉
硃諭穆潘王祁琦伊麟栗俱交部議敘當即碰頭謝
恩次日遞謝摺廿九日奏結呼圖圖餽送一案紀發黑龍江二月
初三日慶玉一案過堂初六日何仙槎遞遺摺海帆調戶尚
二十日瑩兒補學正引　見廿一日率同謝　恩廿二日仙

槎　賜謚文安朱幹村恪定廿六日

賞棉袍一件三月初五進城初六日卯刻至午門拆本蒙

恩派會試正考官隆雲章龔季思王藕堂為副考官同季思藕堂

謝

恩後入闈午刻雲章亦至知敬大空兼署戶尚何兩人入軍機中

刻拜內監試各房收掌開迴避單初七日巳刻掣房黎光曙

單懋謙陳寔曾王炳瀛松年朱其鎮陳岱齡汪振基謝榮埭

蔡振武胡林翼杜翻陳熙曾金國均徐上鏞潘鐸李菡駱秉

章初八日接奉

欽命題二道巳刻書題紙子初發出初九々定策題經題十一日

發二場題紙十三日閱薦卷起十七日發宗室題二十日閱
宗室卷中二名廿一日至公堂知照宗室取卷名單廿三日
定房首閱後場廿四日定元廿六日歸總託定謄錄三十日
發揭進　呈十卷作闈中即事一律四月初四日中房發卷房
加批初五日書卷面名次初九日巳初填榜初十日發謄錄
卷出闈十一日復
命闈中得七律五首十四日
派同鶴舫敦甫頤園溥泉曉林遜園芾村遠村海蘅畦閱覆試卷一
等十六名十六日　派同鶴舫省崖德帆竹軒溥泉曉林梅
谷默庵芾村遠村閱考差卷每人取八九本二十日

派殿試讀卷同敦甫玉夫竹軒韶原避園梅谷曉林未刻至內閣酉刻
書題紙發刻廿一日寅刻至　保和殿行禮散題紙後歸至
文華殿廿二日分卷廿四本廿三日同敦甫定十卷廿四
日拆封一名李承霖二馮桂芬三張百揆廿五日傳臚卒堂
兒至　太和殿謝　恩廿七日
賞芽茶三餅廿八日
賞帽緯一匣廿九日　阿哥送荷包等件五月初一日
賞荷包扇袋葛紗等件門人蔡振武放貴州正考官為李季雲
題董文恪山水送　三位阿哥扇周禮印色箋紙初二日
賞屯絹芝地袍套各一副實地紗二連初三日李少峰進　上書

房初五日京堂考差
坤寧宮吃肉穿蟒服初七日帶新進士引見分二日
賞屯絹漏地袍套一副十二日楊能格高人鑑放廣東主考慧成
路慎莊放福建主考廿二日沈兆霖放四川正考官六月初
八日送　四阿哥如意十一日煦齋遞遺摺　賞三品卿銜
十二日何冠英放浙江副考官勞崇光湖北正十四日送
五阿哥如意廿二日胡林翼放江南副張錫庚放陝甘正考官
七月初八日林鴻年放山東副考官十九日同文露軒審王
劾控吏部一案廿一日
賞織染局屯絹袍料馬褂料一件廿五日至

安佑宮隨同行禮八月初一日
賞月餅初二日放各省學政李汝嶠得山東沈兆霖得陝甘單懋
謙得廣東浙江學政季留任初六日順天主考王省厓廖鈺
夫文露軒賈芸堂門人王適昭陸應穀駱秉章張澧瀚俱與
分校初八日同樂園聽戲初九日　三位阿哥送荷包等件
賞香櫞初十日恭祝
萬壽行禮後至同樂園
賞珈琍手串呢一板磁盤二墨一匣帽緯齋戒牌荷包四對普洱
茶膏鏤漆合廿九日
派同隆雲章潘芸閣閱宗室覆試卷二等一、名三等三名九月初

十日未刻知綬兒中二十六名十一日叩謝
天恩十二日遞摺率綬兒　宮門謝　恩得七律一首仍疊闈中
元韻十六日覆試十七日知綬兒取二等七名廿二日子刻
皇七子生廿三日
賞洗三果廿五日爲湘林題文清師書手卷内有癸丑硃卷書名
三十紙評語廿七紙廿七日
賞假五日十月初一日
賞祭肉一塊奶餅一包燻肉一方初二日銷假初四日祭祖初七
日
賞織染局袍套料一副初十日至漪春園

太后宮
上至隨行禮十六日　派同鶴舫至龍泉峪敬視掃青廿九日起
行十一月初一日至梁谷莊初二日至龍泉峪詣
神位前行禮閱視書寫掃青安奉後又行禮初四日閱抄知
皇七子命名奕譞初六日至秋瀾接
駕跪安初八日至
昌陵站班進
陵門行禮
賞魚小菜一瓶初十日至秋瀾
賞線縐袍套十二日戌刻回圓明園十四日
賞哈密瓜佛手十七日至樓下烏中丞過室廿五日

賞青狐頦六百個河工內閣送孫家良翰林送劉涝廿六日

賞折櫓魚初二日

賞氆氌一卷初三日

賞耿餅六十初五日

賞喇嘛糖初九初十俱

賞糖十一日

賞青果十三日

賞冰魚一尾十六日

賞哈密瓜十七日

賞黄米餹廿一日

賞佛手畨羅柑橙子送　三位阿哥物件廿二日
賞皮餹廿三日
賞風猪廿五日
賞大緞二連江綢二連廿六日
賞福壽字各一方廿九日
賞荷包九个花砲十五三十日
賞荷包手巾又荷包一个銀錁十八件
廿一年辛丑年七十三歲元旦卯刻
上至
慈寧宮隨行禮同鶴舫至

太和殿展表　懋勤殿小坐
召見　賜荷包金錢二歸拜　神　佛　祖先初二日卯刻
坤寧宮吃肉同鶴舫至　上書房初八日奕山放靖逆將軍隆文
楊芳爲參贊初九日將軍參贊領印去賽鶴汀重進軍機廿
一日　派閱中書卷海帆雲閣蓉塘秋谷廿三日門人勞崇
光放平陽守考中書
欽命題君子所履二句蕭何養民致賢策廿四日
賞緞袍紬套料一副廿八日綬兒取中書第十五九名二月初三日
門人趙德澿放雲南迤西道初四日
召見後至　文華殿聽　講　文淵閣　賜茶初五日吏部帶考

取中書引見

硃筆圈出二十八人綬兒蒙記名以中書用初六日遞摺率綬兒

謝

恩初八日至　上書房十四日寶獻山得大學士仍留川督奕潤

峯得協揆廿一日至樓下審德明竊庫銀一案廿三日齊慎

放參贊廿六日　派留京莊王惠王省齋潤峯廿七日至

上書房三月初六日總裁王定九祁春坡文露軒杜芝農同

考官徐棟杜彥士桑春榮張雲藻英綬石綸王允灌蘇廷魁

韓椿盧毓嵩張芾趙楫和淳馬麗文楊培陳壇朱應元春熙

初七日以連日胷疼遞請假摺奉

旨賞假十日午後進城初十日瑩綬二兒補之姪出場知題係約我以禮君子依乎中庸至能之王赫斯怒至天下師直為壯得平字十八日午正下園十九日銷假遞請
安摺廿五日卯刻
上閱農具站班廿七日至　上書房傳知初一日巳正於學廿八日
派同柏少寇覆閱宗室覆試卷題言不忠信三句桐始華得時字閏三月初六日散後至集賢院海棠正盛稍憩即歸初九日散後同鶴舫兩人至花局看花有白海棠一株花極盛蘋果一株花似海棠未正報到瑩兒中式五十八名初十日見時

叩首謝
恩瑩兒來園十一日進摺率同瑩兒謝
恩十二日敬甫降四級調用海帆調吏尚得協揆祁春圃調戶尚
許滇生升兵尚杜芝農調戶左徐辛菴轉工左賈芸堂升工
右蒙
賞燕窩四匣灰銀鼠各二百張十三日伊莘農進京裕魯山升江
督梁茝林調江蘇周稚圭放廣西撫十四日閱覆試卷穆龔
許恩潘王黃毛李未刻見名單第一陳慶松瑩名列第二十
六日散館席珍待聘賦以與治同道罔不興為韻肅時雨若
得霖字十七日蒙

派同鶴舫李恩春坡滇生銘堂樹齋閱散館卷掌院向不開列奉
硃筆添出分得九本一等十七名第一殷壽彭二等三十八三等
四二十日帶庶吉士引
見留館五十三人改部三知縣三廿六日
賞一等參八兩四月初十日
賞鄭千里羅漢手卷祝京兆詞賦沈石田有竹居詩畫冊又山水
一冊鮮于伯幾書文待詔臨蘭亭跋懷素墨跡明人書札黃
山谷墨蹟一冊文待詔山水黃石谷萬松積翠畫軸十一日
賞大墨三匣箋紙二卷大小硯各一方十七日
賞帽緯二匣十八日至樓下會同四王兩協揆各部尚書刑部堂

宫審琦靜菴口供二十日奏　殿試讀卷王卓李李龔許德
慧廿四日前十卷引
見第一龍啓瑞二龔寶蓮三何家玉瑩兒二甲十五名廿五日
升殿傳臚率同瑩綬兩兒謝
恩廿七日　三位阿哥送扇包等件廿八日送　阿哥扇多盛盤
國策中筆四匣共三分廿九日
朝考事君以忠論崇儉去奢疏既雨晴亦佳得佳字五月初一日
閱卷穆王卓祁許龔柏黃李李申刻得入選信瑩兒在第九
初三日
賞荷包等件葛四件初四至初六日帶新進士引

見初五日
賞直地紗袍料大卷一件實紗袍褂各一連屯絹袍褂各一件初
六日全單發下翰林六十九部屬三十四即用縣八十六中
書四瑩見得館選初七日遞摺謝
恩十三日大教習穆祁到任
賞織染局屯絹一副十七日
派查倉廿六日到報知隆雲章仙去敬公調戶尚賽鶴汀調工尚
管理藩院恩小山升理尚七月初四日省崖同慧秋谷至河
南十九日
賞榆次瓜廿二日

賞織染局實地紗袍料天青馬褂料各一件廿五日

上至

安佑宮隨行禮八月初一日

賞月餅初五日至國子監齋宿初六日丑刻

聖廟行禮卯刻至内站班初七日

賞香櫞九個初八日送　阿哥禮蘇靈芝鍥像碑一册文心雕龍

一部箋四匣盒一個共三分初九日　阿哥送荷包等件初

十日

萬壽　正大光明殿行禮後至同樂園

賞手串帽緯袍套等件十二日同樂園二十日遣人持帖答拜新

庶常九月初一日
賞花餻初八日祁春圃進軍機十月初一日
坤寧宮吃肉初三日瑩兒得一子名之曰祖楨初五日武傳臚
升殿率瑩兒謝
恩初六日
賞織染局緞袍紬褂料初十日
召見後至
綺春園朝房午正散十二日
賞哈密瓜廿七日
上進宮十一月初二日同裕公廖王夫薩湘林揀選貴州知縣八

名初六日
賞哈密瓜初七日
賞氷魚初八日
賞佛手十一日
賞烏雲豹銀鼠十三日同刑部諸公過堂廣儲司筆帖文元一案
十四日奏請結
賞關東魚十六日
賞各種糖廿七日門人高螺舟放廣東學政地山告病缺十二月
初三日
賞䅗𦈢一卷初五日

賞喇嘛糖十一日
賞青果十三日
賞江米糖十五日
賞黄羊十八日作七律一首祝棣華七十壽十九日
賞歙硯一方送　阿哥漢書筆匣銅水注大箋紙三分
賞帽緯二匣廿三日
賞皮糖又木瓜佛手文丹廿四日同人至　懋勤殿遞春帖子
賞風豬廿五日立春
賞絹箋紙筆等件廿六日程晴峯升江蘇巡撫李石梧調蘇藩門
人文東川升直臬

賞福壽字　阿哥送荷包等件廿七日
賞天青大緞一連寶藍江紬一連月白潤素紬一疋天青大卷江
紬一連廿九日
賞荷包九個文丹蜜羅柑石榴福橘大除夕
賞荷包手巾
廿二年壬寅年七十四歲元旦至
太和殿同鶴舫展表　懋勤殿小坐
召見　賜金錢荷包歸拜　神　佛　祖先初二日
坤寧宫吃肉同鶴舫至　上書房初七日為麟見亭書堂額十一
日

上宿
壇未正散十三日卯刻下園十四日
賞元宵十五日　正大光明殿筵宴十六日廷臣宴
賞玉盒蟒袍大緞洋烟（烟）二壺宮燈紫銅手鑪十七日陳偉堂升戶
右王藕塘鈌廿五日
賞織染局袍褂料二月初一日
坤寧宮吃肉初二日至　文華門
上御經筵裕公龔季思講四書闕少宗伯潘雲閣講書經
文淵閣　賜茶隨至　養心殿　召見後下園初六日辰刻瑋
兒得一男名之曰祖謙十一日門人陸應穀放朔平府十三

日耆介春到京十五日鶴舫出差至津門十六日河工合龍省
崖得太子太師同慧秋谷朱河帥鄂中丞俱優叙十七日介春
署杭州將軍十八日文東川來京廿二日奎玉庭銷假署揔憲
門人高螺舟放衡州府三月初三日卯刻出南西門至鎮國寺
門坐車辰刻至舊衙門
上至跕班申刻先至團河初四日同鶴舫進　行宫各處
上至跕班未刻至帳房初五日卯刻跕出門班巳刻
上回行宫
賞鹿肉偕鶴舫至　阿哥書房初六日至舊衙門初七日卯正至宫
門辰刻跕班未正二刻進大紅門換轎申正進永定門回寓初

八日卯刻至園巳正
上至遞事後回寓巳申初矣十一日陳子鶴得通副葉棣如得侍講
子鶴留軍機俟夷務平定回本衙門廿七日戴醇士准養閑缺
四月初一日翰詹三人在南書題三畏論初二日李鐵梅張小
浦俱入南書初三日綬兒行聘十五日陳子鶴升太僕暫留章
京十七日
賞一等參十九日綬兒成嘉禮廿六送 阿哥扇臂擱九成宮帖筆
牀廿七日 阿哥送荷包等件至樓下鍾人杰王慶元兩案過
堂
賞歙硯一方廿八日

賞芥茶三瓶廿九日潘牧君放廣東運使卅日省崖于卯刻仙去高
正往哭之五月初一日省崖加太保入祀賢良祠賞銀一千五
百兩三孫侯及歲後引見
賞荷色扇囊等件初四日何根雲進南齋
賞花縐袍料一聯天青紀縐褂料一聯灰色實地紗袍料米色葛紗
各二聯葛二疋小卷二疋宮扇等件初八日
御門敦甫得光正舒興阿得正詹程楞香升僕少何務承升講學初
九日奏省崖謚
硃筆圈出文恪敦甫以二品銜休致六月十四日七月廿日
賞線縐袍套二件八月初一日

賞榆次瓜初四日
賞香橼初五日
御門趙光升副憲和淳王廣蔭得講學初六日送 阿哥李青蓮集
鑲玉尺墨二匣箋二匣共三分初八日 同樂園聽戲
命阿哥們同七阿哥出見初十日卯正祝
萬壽至同樂園聽戲
賞大緞一端紡紬一疋帽緯一匣茶膏一瓶墨一匣磁盆一對手鏡
一面荷包四對齋戒牌一個巳正二刻散十一日三位阿哥送
荷包等件廿一日面求
賞假五日廿七日轉假九月初三日銷假初十日

賞假十日十六日再
賞假十日廿八日進城遞安摺銷假廿九日寶將軍進京福州放壁
昌廿日李石梧升陝撫孫善寶調蘇藩卞士雲放浙藩十月初
一日
坤寍宮吃肉
派會同宗人府刑部訊慶五一案　賞奶餅初三日　賞織染
局緞袍紬褂初十日
上至綺春園隨行禮還至同樂園聽戲葉崑臣升河南藩十一日文
東川調雲臬陸立夫調直臬十四日　賞哈密瓜十九日
御門陳子鶴升大理倭仁得正詹邵燦得侍講廿一日薩湘齡户左

善溥泉授總兵連貴調禮右玉明升禮左廿二日會審綿公性一案過堂陳爔發江南以道員差遣廿三日桑春榮放雲南守十一月初六日潘芸閣放南河督陳偉堂調吏左何雨人調戶右祝蘅畦升兵右初七日慧秋谷實授東河督惟勤調兵右惠豐調盛京戶訥勒亨額放盛刑　賞佛手初八日載增放閣學十二日周漕帥告回籍廖玉夫署漕督萬署閣學河督十七日　賞假五日或七八日十八日　賞氷魚廿一日賞銀鼠二百個青狐蘸子六百個廿四日遞摺請安銷假廿八日至內閣定京察十二月初二日　賞氆氌一卷初三日賞奶餅初五日　賞喇嘛糖初七日李湘棻署漕督

賞魚一尾初十日同鶴舫至翰林院定京察十一日
御門賡福放閣學斌良升通政錫祉升講學孫瑞珍升僕正吉年放
奉天府尹至戶部過堂十二日至戶部過堂十三日許滇生派
國子監行禮嗣後大學士尚書俱開列請　派十六日奏俞
步雲一案奉　旨着未經與議之大學士九卿科道會議程
晴峰請迴避奉　旨來京另候簡用孫善寶升蘇撫文桂升
蘇藩趙光祖升雲臬　賞關東糖十九日道慶調兵左舒興
阿放盛兵侍送　阿哥筆箋硯印合共三分　賞青果帽緯
二匣廿三日　賞木瓜佛手油子廿四日　賞皮糖風豬
三位阿哥送荷包等件廿六日雨　賞福壽字月白紡絲一件

石青大卷八絲緞一尺天青二則大卷江綢一聯寶藍江綢一
聯　賞皮糖廿八日賞荷包九個麅鹿廿九日　賞荷包內
銀件十八手巾蜜羅柑橘子文担石榴
廿三年癸卯七十五歲
元旦
乾清宮　召見　手賜金錢荷包初二日　坤寧宮喫肉同鶴舫
至上書房初四日經筵直講　派吉端卓杜初五日進春帖子
賞福方湖筆等件初七日成少寇李京兆至南河督辦挑
挖工程特旨署少寇陳子鶴署京尹孫芙卿放江西學政初
九日下園十二日齡鑑升太僕卿十四日丁誦孫至上書房行走

賞元宵十六日　正大光明殿小宴　賞玉筆洗藍緞
貢綢宮燈帽緯銅爐牛頭香烟壺十八日　派同刑部審張亭
智蒙指案二十日河工記名吳捧綸蕭良城劉秉銖延齡
命偕諸同人正大光明殿閱廣東所進夷船式樣廿二日
硃諭同穆祁賽訥倶交部議叙姚佑昂隆勳原品休致廿四日
賞緞袍綢褂廿六日京堂　引見楊慶村明奎忠林原品
休致二月初一日　坤寧宮喫肉初六日　召見後至　文華
殿講畢　文淵閣　賜茶又見一次十二日復帶記五十員
十四日　御門巴雅爾綽克泰放閣學李湘芬常少李嘉端
講學賈克慎鴻正張秉德光正十五日奉　恩旨以世恩年

逾七旬嗣後御門免其入班該管衙門免其帶領屬汪聶二公次早遞謝　恩摺用夾片請假五日廿一日遞安摺銷假至上書房廿三日祁淳甫至署自本日起同祁何二公五日一輪至署王蓮州開缺李煌升禮侍仍署吏侍廿四日祿普調廣州將軍李侖通放惠潮道莊俊元放蘭州府遺蔡小石郭沛霖派小敎習徐稼生派清秘堂為祁淳甫題愈笥手卷廿六日崇綸放鳳卯道三月初二日書花瑞圖記于第二卷初六日得　旨于本月初十日大考初七日季仙九得閣學初十日大考卯初二刻散卷如山因帶賦本扶出試題如石投水賦以陳善閉邪謂之敬為韻烹阿封即墨論賦得半牕殘月有鶯啼得鶯字邵又村

因手戰開缺十二日閱卷派龔季思許滇生廖玉夫杜芝農賈
芸塘李春皋季仙九十三日見等第名單一等萬青藜殷壽彭
張芾蕭良城羅惇衍二等五十五三等五十六四等七名十四
引　見萬殷俱升講學張升少詹蕭羅升讀講二等曾國藩升
講丁嘉葆升讀郭沛霖楊能格方墉吳敬羲以贊善升補黃琮
升學士至上書房十五日會審張城保庫案廿二日桂輪放定
邊將軍琦善以三品銜放熱河都統散後偕鶴舫淳甫至花園
看白海棠廿三日聯順調葉爾羌參贊奕潤峯以四等侍衛幫
辦全慶調喀喇沙爾文露軒以藍翎侍衛放古城領隊廿四日
王廣蔭開缺葉名琛調江藩萬貢珍升河南藩管遹群放安臬

達洪阿姚瑩解京會同刑部審訊廿五日朱慶祺張修育得御史慶祺得庶子赫特賀升侍講廿六日邢福山得通副李鈞得理少吳振棫升貴臬廿七日馮德馨放貴州糧道四月初一日惟勤放烏魯木齊都統舒興阿調兵右溫予巽升江西臬江紹儀放安襄道春介軒放甘涼道庚長河南梁鹽道　賞奶餅初二日賡福放盛刑侍倭仁放盛兵侍陸費瑔調甘藩陸立夫升直藩徐繼畬升福藩初三日陸蔭奎放直臬黃恩彤調廣東臬趙德轍放江臬楊以增兩淮運使韋德成廣東運使鄰麟梅谷補宗伯善濤泉調吏左柏葰調吏右特芳山調刑左　上書房初四日薩湘齡放熱河都統琦乘又俱革職閉門思過因御

史陳慶鏞奏也奉　玉庭特芬山升總憲成剛轉副憲惠豐刑右
闓聖保署工左陶士霖放長蘆運使周鶚放雲塩道福敏放開
歸道明訓順天府尹初五日善濤泉戶右文孔修吏右柏靜濤
吏左成剛刑左惠豐刑右闓聖保署工左明訓調盛京戶部春
佑放盛礼部初七日吏部奏庫案加恩改革職留任初八日遞
謝摺初十日李菡放奉府丞彭咏莪放順府丞十六日楊以增
升甘臬德惠升贊善十七日李倫通放兩淮運使廿一日　御
門景亮得通副書元得理少恒福得僕少廿五日
聖駕本擬至黑龍潭祈雨雨甚沾足改於廿八報謝廿六日周芝臺
孫瑞珍放閣學　賞歙硯一方廿七日　賞茶葉三瓶考

內閣報（係）送軍機吏戶禮卅二員民生在勤論送三位阿哥扇一
爾雅正義一部黄陽擱臂磁水注得瑋兒稟知本日三刻得子
命名祖均廿八日考兵刑工報送軍機廿三員史有三長論至
上書房廿九日阿哥送荷包等件　賞一等參五月初一
日　賞荷包等十件初二日葉昆臣調甘藩陸費玉泉調江
蘇藩史館提調派邵又村初四日　賞籐綃實地紗香色等
件初六日考差題故天下有道則行有枝葉二題使諸大夫國
人皆有所矜式角黍得經字共二百卅五人初八日閱卷穆麟
龔許廖賈拜侯季祝趙考取軍機引見記名十九人十二日
賞織染局袍褂料二件四開褉亮紗藍袍一件十六日常大

淳升安臬十七日蔡瓊升浙運使十八日至　上書房十九日
張日晸放光少吳我鷗放四川鹽茶道廿三日大員考差題政
事得其施論賦得報功陰澤得生字廿六日怡良開缺劉中丞升
浙閩督吳瀹齋調浙撫陸玉泉升湖南撫崇雨霖調蘓撫廿七
日方濤升東臬廿九日李本仁升贛南道六月初一日雲南主
考龔寶蓮段大章貴州龍元僖王桂初七日楊疊雲補倉侍季
仙九得少宗伯初八日至　書房初九日葉棣如得祭酒王蔆
堂署十二日廣東主考翁同書鄧爾恒廣西李承霖鍾保福建
博迪蘇徐相十五日題吳崧圃涵恩歸櫂圖十八日敬公兩人
至南河廿二日四川主考曹笛生趙子舟湖南陳枚甘莘圃廿

八日吳崧甫升閣學殷直垕升學士鄭雨三補贊善七月初二日奉　面諭世恩毋庸進署淳甫仍五日進署五日至園初五日陳慶階放山東臬初七日慧雨亭革職暫留河督十二日浙江主考侯桐楊能格江西張芾匡源湖北蕭時馥沈元泰十五日黄虔堂得詹事十七日　御門慶錫齡鑑得閣學斌良博廸蘊得副憲恒清閣讀學至　書壽廿二日江南主考賈楨孫士轂陝甘王履謙吳敬羲丁誦孫署署六阿哥敎讀瑞郡王不進書房徐葦菴兼錢法堂廿五日　上至　安佑宮口六日成少寇李京兆至南河會同河師估工陳子鶴兼署京兆又七月初二日闗聖保工左廣福礼右斌良盛刑侍初三日河南

政十月初八日鄉試初六日至　書房　　賞仿古硯六方佑
古硯墨七件初八日山東王考羅惇衍鍾音鴻山西方墉莊受
祺十一日　賞榆莢瓜一枚十四日孫葆元得學士十五日
鍾雲亭放東河督裕雨亭革職十六日德霖膏放西寧辦事善溥
泉放馬蘭鎮闕聖保右協總兵十七日柏靜濤調戶右文孔修
轉吏左成剛吏右惠豐刑左賡福刑右博迪蘇升禮右廖大空
至東河會同鍾雲亭辦公十九日麟見亭發往東河差遣廿四
日吳瀹齋調雲撫張蘭沚進京管焦堂升浙撫廿五日存興調
浙藩黃恩彤升廣東藩至　書房卅日花松岑署副憲　賞
羽毛袍褂料呢褂料八月初一日發學政全單奉天李菡江西

孫瑞珍廣東李棠階福建李嘉端俱留任直隸王廣蔭江蘇王植浙江吳鍾駿安徽張芾山東殷壽彭山西沈祖懋河南劉定裕陝甘金國均湖北王履謙湖南陳壇廣西李承霖四川蔡振武雲南吳存義貴州吳家玉柏靜濤兼吏右祝薌畦兼吏左黃琮署祭酒　賞香橼月餅初四日送三位阿哥竹根如意洋漆筆筒洋漆盒硯通削繁初六日麟梅閣許滇生花松岑順天主考同考官龍啟瑞邊葆淳毛鴻賓司徒照厲恩官江國霖馮桂芬陶恩培謝榮棣晏端書萬青藜支清彥胡美彥王聿昭金肇洛黃兆麟特芳山署禮尚陳偉堂署兵尚福元修署祭酒初九日阿哥答送荷包等件初十日卯刻祝　萬壽辰初至同

樂園四位阿哥出見巳正二散十一日知頭場題足食足兵二句日思無邪助之長者賡之賦得庭中竹樹一窗秋得深字十二日夜初至同樂園　賞大卷緞一聯金銀緞一聯帽緯一匣荷包四對墨齋戒牌硃盒二茶膏一瓶竹漆盒一个十五日賞供月果品十九日為麟見亭題海鶴雲石圖廿二日會訊達鎮姚道口供廿五日遞口供達姚俱釋放廿六日奉恩旨紫禁城乘轎廿七日遞謝摺至　書房宗室覆試題知柳下惠至立焉賦得白露為霜秋字九月初一日　賞賞花糕初四日為奎芝園題手卷初六日幻到奉　旨與卓中堂輪留東筆初八日雲南未考惲光宸時大杭初十日卯刻得題名闈

墨知順姪子山中式十五日覆試題悪不孫以為勇者二句長
勺之戰得謀字十八日時大杭病改放范承典至　書房廿五
日李湘芬以三品銜補授漕督廿六日　御門花松岑得通
政福元修得大理和蘭莊得太僕海枚得通副邵文村得侍講
户部奏庫項全完蒙　恩開復處分廿七日遞謝摺見江南題名
知姪孫霽及彭咏莪子慰高俱中式十月初一日　坤寧宮喫
肉初三日　賞哈密瓜謝芳邑馮景亭黄巖卿帶小門生初
十日卯刻　上至　綺春園行礼十一日琦侯以二等侍
衛放駐藏大臣十四日至　書房二十日陳功放藕泉明年甲
辰重游泮宮吳鑑菴索詩因作七律一首并寄芸臺相國及棣

華同年廿五日達洪阿以三等侍衛放哈密辦事大臣姚瑩發
四川以同知知州酌補廿六日至　書房十一月初一日至
壇站班午正三散　賞哈密瓜初二日　賞氷魚初三
日交部奏處分奉　旨加恩改為降三級留任不准抵銷
賞佛手十四只初四日遞摺謝　恩初六日為順之姪題
玉山秋眺圖初九日　賞蜜餞櫻桃等件初十日　賞各
種糖十一日　發出成親王書養箴正四箴　御跋交上書
房三師傅各錄一幅懸挂阿哥書房十二日花松岑放副憲十
三日王曉林放浙撫張小波調蘇學政季仙九放安徽學政十
四日王曉林調安撫程懋堂調浙撫十五日至　上書房廿二

陳叙堂調湖北臬郭次虎調蘇臬廿七日　賞鹿尾三个十
二月初一日　賞大緞一疋五雲豹柿餅譜一卷初四日
賞鹿尾二个初五日綬兒引見補缺　賞喇嘛糖初六
日遞謝摺梁寶常調浙撫崇恩東撫陳蓮史調蘇藩鄧嶰筠以
三品銜放甘藩為宋梅生題水流雲在圖初七日　御門瑞
芝生得少詹赫特賀得講學張日晸放鴻正承光放僕少初八
日遞　皇太后萬壽樂章為宋慕帥題松篁琴嘯圖徐母
宋夫人味雪圖初九日　賞白魚一尾十一日祝蘅畦調吏
右侯葉棠放兵右魏丽泉轉刑左張蘭沚署刑右至書房十二
日　賞青果十五日懋勤殿跪遞春帖子　賞黃羊皮糖

等十六日　賞福方十張各色箋廿張絹廿張湖筆二匣提
筆一匣十七日　賞帽緯二匣十九日龔季思開缺陳偉堂
升大宗伯署大空二十日季仙九調吏右兩人兼署周芝臺升
礼侍送三位阿哥玉圖章硯箋四匣盒一匣廿二日三位阿哥
送荷包等件廿三日文孔修得內務府大臣　賞文丹木瓜
佛手為子鶴題雪香同年贅書圖廿四日　賞徐州風豬廿
六日　賞福壽字天青寶藍江綢袍褂料錦一疋月白杭綢
一疋廿八日　賞荷包九件廿九日　賞荷包金錁十八
件手巾二条
廿四年甲辰七十六歲元旦　乾清宮　召見　手賜

荷色金錢邇　恩科鄉會試　恩旨初一　坤寧宮吃肉
奉旨　旨于二月初二日臨御經筵至書房初四日下園初五
日直講　派賽祁關陳初六日寅刻　皇八子生見時叩賀
天喜初八日東河報到初十日前後合龍郎方伯開缺張詩
舲升廣西藩王簡升河南臬　賞八阿哥洗三果初九日至
書房成剛萬署戶右管錢法堂柏靜濤跪安十一日至齋宮見十
三日至　壇十四日下園　賞元宵十五日　正大光
明殿筵宴十六日　賞犀角一對毯一条午正入宴　賞
白玉杯蟒袍江紬一聯春紬一疋宮燈一對手鑪痰盒十八日
為周容生題筤谷圖知貢舉派舒興阿馮芝二十日廖王夫得

史館總裁廿一日鄭家麟得光少廿四日申刻大雪寅正止二月初一日　坤寧宮喫肉　面諭經筵講畢即散毋庸至文淵閣祁竹軒告病開缺者介春調兩廣督璧昌署兩江督未到前孫中丞護理文東川護撫敬敫薰署福州將軍初二日經筵賽祁講取人以身關陳講德威惟畏跪聽　御論畢至園初三日崇　派同肅王惠王恩太宰留京辦事初四日穆鶴舫署提督因恩小山請假初五日傅秋屏升雲藩汪云任放陝臬至書房初七日朱桐軒進書房阿闌山升講學十二日派許乃普侯桐和淳福濟十三日東河奏河工連失五占等因奉　旨麟廖均革職賞賞七品頂戴仍督辦工程鍾革職以

三品頂戴留河督任鄂革職留任所有會奏事件照舊列名陳偉堂調工尚李芝齡升禮尚杜芝農升總憲特芳亭得禮尚文孔修升總憲十四日恩小山展假敬署吏尚柏調吏左惠豐調吏右成剛調戶右賡福調刑左祥良調刑右花松岑放盛刑侍十五日祝蘅畦調戶左季仙九轉吏左侯葉堂調吏右孫瑞珍升兵右朱嶟署吏左周祖培署兵右十七日牛鏡塘交鄂中丞差委穆鶴舫因署提督留京派查紅椿道慶等三員廿日御門景亮得閣學陳子鶴得副憲羅文俊得詹事景昌得閣讀學杜翰得洗馬覆試閱卷祁春浦特芳亭文孔修朱椒堂祝蘅畦舒興阿徐莘菴廿一日羅蘓溪升貴藩恒春升山西臬廿

二日東河停緩梅谷王夫來京候　旨所有督辦工程責成
鍾河督鄂中丞辦理麟見亭慧秋穀午鏡塘酌量差委廿三日
陛於三月三月　啟鑾初九回園花廿六日花松苓放礼右
德遠村調刑侍博露庵調盛工廿七日侯桐　派史館總裁廿
九日同定王怡王僧王見奉　旨此次恭謁　東陵著
三位阿哥恭代裕公隨往三月初五日耆介春放廣東欽差大
臣初六日總裁　派陳官俊文慶徐士芬同考官蔣琦淳吉明
劉成萬朱昌頤梁國琮倉景恬鄒振杰李佐賢黃鍾音吳嘉詮
許振祎何桂清田雨公黃倬祁宿藻郭沛霖陳元究丁彥儔初
七日許滇生署大空初九日博露庵開缺調理倭什訥署工盛

初十月至　上書房又至樓下丁卓然一棠過堂張振之得司業會試頭場題下學而上達二句有所不足二句以爲未嘗有村焉二句白駒空谷得人字十二日知二場題是以君子慎密而不出也同律度量衡何以舟之三句夏叔孫豹如晉襄四年故貫四時而不改柯易葉十五日邢福三放理正十六日黄琮放通副瑞芝生得光正十八日知宗室題舉直至民服鶯出谷声字廿四日蒙　賞假五日是日進城廿五日穆許閱覆卷廿六日大挑派惠王定王恩小山端少農何雨人成少農瀛香園開缺吳崧甫升少宗伯四月初一日　賞奶餅初四日銷假初五日　賞風羊一隻初六日培成盛放工侍明訓蕙署盛

兵侍春祐兼署盛工至書房初九日大挑一等引見 賞
一等參十二日知新貢士覆試題既得人爵至者也百穀青芃
芃豐字十六日考差十七日偕霍舫特芳山陳偉堂文孔修侯
葉堂祝蘅畦周芝臺徐莘菴賈芸堂蓮舫 派閱考差卷分
得廿本取七本十八日散館夫子之牆賦以題為韻松柏有心
時字以後殿試朝考添派二人于中左右門稽查不許間人出
入十九日閱卷 派許陳文杜侯羅申刻知一等十九名二等
四十二名三等五名瑩兒一等十二名廿二十日蒙 派殿試讀
卷同特芳山許滇生文孔修侯葉堂朱織堂賈芸堂羅蘿村至
南齋擬策目八道 圈出四道芸堂孔修分寫策題午正遞

發下申刻到閣戌刻封門中書六人分寫付刻廿一日卯初刷
印二百餘張閣學來領同至　保和殿將題紙授禮部堂官讀
卷官謝　恩畢新進行禮跪領題紙回至　文華殿住　養心
殿之後五間孔修住三間廿二日卯刻上殿閱卷予得廿七本
每人廿六本閱畢換看記圈點是日庶常散館引　見授職四
十九人改部十一人改縣六人廿三日卯刻同滇生孔修閱八
圈之卷十八本定本十本芸堂葦堂諸公磨校訖粘簽封固並
將二三甲粘簽交監試收掌廿四日寅刻筆帖式十卷及繳
繳筆一匣至內遞已初　上回宮閱十卷畢　召見八
人是日王石溪代遞辛子蕙瑩謝摺進内發下前三卷予與芸山

滇生　各啟彌封一孫毓溎二周學濬三馮培元四名以下捧至
南齋啟封予同寉舫諸君入見因吏部奏處分改為降三級留
任先碰頭方歸坐十人傳進　太和門先遞名單予捧名簽同
帶領引　見廿五日寅正二刻　升殿謝　恩畢新進
士行禮卯初下園廿七日送三位阿哥扇黃楊筆筒說文一部
箋四匣四〃三分　賞芽茶大小三瓶朝考題不可無耻論存
誠去偽疏訏謨定命得儀字卅日閱卷穆祁文許陳柏朱貫羅
趙至書房五月初一日　賞荷包扇袋等十件雲南主考晏
端書朱昌頤貴州萬青藜何紹基初二日蒙　恩派大教習
同文孔修　面領訓諭謝　恩　賞綉色〃十扇香串等〃件〃初

東洋扇手巾葛布初四日逕大教習謝搢是日京堂以上考差
題君子和而不同論山川出雲時字初五日派小教習何根雲
徐新吾曹滌生　鈕松泉許楷臣毛寄雲徐稼生馮林一新進士
引　見翰林四十七部卅五縣九十九歸班廿五初七日
賞寶藍二則大卷毛綃袍褂料一連灰色實地紗一連米色葛
紗壹端初十日奉　旨翰林自讀講以下詹事自洗馬以下
于十六日起每日二員預備　召見十二日廣東主考何桂
清龍啟瑞廣西馮桂芬祁宿藻福建瑞常楊福祺十八日到教
習任同文孔修謁　聖並土地祠行禮升座後鼎甲諸吉士拜
見受二拜與孔修對揖為新翰林授書十九日卯刻到園廿日

御門瑞常張芾升閣學黼齋得副憲赫特賀得少詹廿二日
至書房湖南主考李臨馴喬晉芳四川錢振倫湯雲松六月初
七日黃贊湯放奉府丞初九日朱鳳標得講學十一日保清升
講學十二日江浙主考朱嶟惲光宸江西葉觀儀李佐賢湖北
倉景恬殷兆鏞至書房十六日趙光署少司馬李嘉端得少詹
廿二日江南主考徐士芬江國霖陝甘甘守先陳寶禾廿二日
為敬達題賜匾冊七月初二日至書房初三日大課題熟精文
選理以題為韻風定池荷自在香涼字庶常四十九人交詩片
後散初七日羅閣學署工左初八日河南主考厲恩官田雨公
山東舒興阿胡應泰山西龍元僖匡源閱大課卷十一日奉三

無私見十二日楊能格得贊善十七日羅惇衍升講邵燦升鴻
正廿一日　賞榆次瓜廿三日東書房見廿四日至書房廿
五日寅刻至西南門　上安佑宮隨行禮廿六日駱于門得
講官載齡得洗馬關調兵部舒調工部兼揔兵花署廿七日
賞九老圖一董文恪畫二黃左田一又畫七洋畫一八月初
一日馮浯園署礼侍初三日　賞香橼十二只初四日送書
房礼筆二匣韓詩一套蘭竹箋二匣牙筆筒一共三分初六日
主考杜受田張澧中羅文俊同考官姚福增陳枚蔣琦淳邵綸
梁敬事王東槐黃倬張鏻汪本銓沈兆泰顧嘉蘅鄭瓚詔雷維
翰孫銘恩徐士穀鍾音鴻王芳周炳鑑至書房傳　旨令丁

嘉蓀權授四阿哥書瑞王丹庸進書房初八日辰刻至同樂園
聽戲初九日阿哥們送荷包等件初十日卯正祝　萬壽行
禮後至同樂園聽戲　賞荷包四對江紬二連春紬一端銅
瓶一個帽緯一匣磁瓶二茶膏一匣蓮頭香一盒墨一匣十一
日知鄉試題文獻不足故也二句悠久所以成物也詩云他人
有心至戚戚焉言去其辭得誠字十五日　賞供月果十八
日先光祿公百齡冥誕散後至家上供十九日關少馬開缺倭
什訥調兵右福濟放盛兵侍廿五日　御門倭仁理正彭詠
莪通副廿六日　派同祁花閱宗室覆試卷一等三名二等
二名至書房九月初二日巳刻至庶常館文孔修先至秋菊有

佳色賦以題爲韻大法小廉得廉字十七日至書房勾到四川十九日勾到廣東陝甘廿五日勾到福建湖廣奉天浙江十月初一日　坤寧宮吃肉張蘭沚授刑侍　賞奶餅燻羊初三日紫光閣馬步射初四日武進士引見初六日至書房初十日批閱大課卷十四日　賞哈密瓜二十日勾到江西安徽江蘇廿一日散後至樓下會審耒陽逆犯廿七日勾到河南山東奏結耒陽案廿八日至書房卅日花松岑調工右放内務府大臣倭什訥礼右福濟調礼左十一月初一日　賞柿餅初四日勾到山西直隸熱河初六日賞佛手十五個初七日賞給密瓜十四日面懇　賞假　賞青狐蘇天青緞一套

二十日銷假十二月初六日　賞氆氌二個關東糖初七日
御門廣昌升副憲靈桂升通政吉明升詹事杜翻許乃釗
升侍講初九日三位阿哥至　三壇祈雪　上至
大高殿拈香十一日亥刻雪至天明未止十二日巳刻雪止
上即日至親　大高殿報謝定于十七日謝降十四
日　賞皮糖十五日　賞關東糖黄羊十六日卓海帆大
拜陳偉堂調吏尚協辦杜芝農得大空祝蘅畦升副(總)憲十七日
何雨人轉戶左賈芸堂調戶右周祖培調工右馮邀國調禮左
十八日慶祺升常正阿彥達升光正文瑞得祭酒十九日送三
位阿哥大學衍義補輯烘硯磁水注圖章　賞絹箋二大卷

蠟箋五張二十日　賞杭緯二匣青果鰉魚廿一日三位阿
哥送荷包等件　賞蠟箋二卷廿三日文孖修得講官祝蘅
畦補講官　賞佛手木瓜泡子一桶廿四日奏結宗添成臨
刑呼寬一案　賞皮糖風猪廿六日　賞福壽字廿七日
賞袍套一副綢二件錦緞卷一福橘石榴蜜橘柑子一桶
廿八日領春帖　賞福方十張各色箋廿張絹廿張湖筆廿
枝提筆十枝廿九日　賞荷包九個內一方三十日　賞
荷包手巾小荷包內銀顆
廿五年乙巳七十七歲元旦　乾清宮　召見　手賜金錢
荷包初二日　坤寧宮喫肉同寉舫至書房經筵定于二十

初二日初三日奉　諭二月廿八日　啓鑾三月初二
謁　陵初五日至海子初九日回園東河奏十一月廿四
日合龍卅日發報本日辰刻到鍾河督鄂撫　賞還二品頂
戴均　賞花翎各加一級隨帶寬免處分麟見亭以四品京
堂用慧秋各以六部員外用牛鏡塘七品頂戴善後事宜告竣
回京初四日　派直講吉倫泰阜東恬瑞華許乃普初八日
孫中丞告開缺李石梧調蘇撫蕭〔惠〕漕帥放陝撫程裔采調總漕
黃恩彤坐升廣東撫陳繼昌署蘇撫初十日傅秋屏調廣東藩
蘓彰阿升雲藩徐澤醇升河南臬十二日運
各事宜十五日　賞元宵　正大光明殿宴後見雪十

六日雪　正大光明宴蒙　恩賞玉洸一盞蟒袍天青大緞紅閃緞玻璃燈一對岩露一盒銅手炉一个十八日奉　旨謁　陵改秋間廿一日保舉河工引　見記名六人吳吉昌夔達莊縉度李萬傑年所韓椿廿三日奉　旨經筵傳止海帆得休仁閣廿九日發大課日期單　社稷壇改派齊王行礼二月初一日奏　尊號　圜丘崇祺二字初四日庶常大課文孔修亦到二十四番花信風賦以題為韻豐年玉豐字十二日為子僅題寶香小館集序十三日文孔修至四川會同寶相訊案十四日貢院覆試　派陳偉堂禧元修周芝臺羅蘿村十六日鄭夢白放陝藩覆試題我叩其兩

端而蠲焉王道平平得平字十七日至書房廿二日敬達臣降
閣學候補仍留內務府者介春得協揆賽寉汀調戶尚裕公調
工尚文孔修補兵尚恩小山仍總管內務府睿王退出內廷去
領侍衛內大臣宗正罰王俸三年綿偲得宗正春山得左宗人
廿三日劉中丞告開缺惠吉調福撫鄧嶰筠升陝撫寶清升陝
藩王壽昌升廣西臬松岑調戶右端臨蕙署福元修調工右瑞芝
生升兵右廿四日為鑑臣題諸蓮藥明人畫蘭圖卷廿六日得
旨調　陵改明春廿七日補覆試題古之學者為己
隨風潛入夜得宵字二月初一日大課題蘭亭修禊賦以天朗
氣清惠風和暢為韻重與細論文得和字瑞常帶福建殷兆鏞

湖北厲恩官河南逵源山西甘守先陝甘湯雲松四川馮桂芬
廣西萬青藜何紹基貴州分日帶見小門生雨三月　御門宗丞
彭詠莪太僕蘊都札講學奎光洗馬張鑅初四日補大考錫麟
風不鳴條賦以題為韻志不可滿論人情為田耕字初五日閱
卷淳甫滇生芝臺錫麟擬二等後初六日總裁穆寉舫許滇生
周芝臺同考官陳枚姚福增蔣琦淳潔敬事何桂馨蕭時馨楊
能格龔寶蓮敬和李道生蔡念慈許振祎羅惇衍文清彥曾國
藩戴熙恩小山署掌院李芝齡兵尚何雨人兼錢法堂羅芦村
兼工右至書房傳知朱桐軒權授六阿哥十三日知頭場題人
焉廋哉二句詩曰妻子好合六句至於於治國家三句凡百敬

爾位得賢字二場題是故聖人以通天下之志三句宅乃事三句如松柏之茂二句公觀魚於棠虹始見二句十八日知宗室題用之則行二句草色還看近却無得春字二十日賡福派往盛京會同廣林黃贊湯審案廿一日至書房　上自黑龍潭回廿三日唐樹義放陝臬廿四日宗室覆試中也者天下之大本也得失寸心知知字四月十一日得雀舫所寄題名錄會墨七阿哥入學拜聖人後同行禮繙繹主考派賽鶴汀十三日賀藕耕升雲貴督至樓下伊霖一案過堂十四日喬見齋調福撫惠吉調雲撫新貢士覆試題君子喻於義竹箭有筠得行字十六日黑龍潭祈雨十八日寅刻帶同小教習新翰林在宮門內行

禮共散卷四十九人比德於玉以賦題爲韻五月江深草閣寒得
寒字二十日知一等何彤雲等十七人二等十九人三等三人
讀卷　派穆特候朱福馮周羅廿一日奉　旨廿五日
三壇祈雨四阿哥五阿哥六阿哥去廿四日進城齋宿
四額駙至　白龍潭　發藏香二炷廿二日惠吉升甘陝
督未到前鄧署李石梧升署陝撫鄭夢白升雲撫署督未到前
仍係吳薰署裕康升陝藩陳士枚升福臬散館引見授職卅八
人改部十一人廿七日送四位阿哥禮帖二扇一聯二匣筆二
匣賈芸堂轉戶左徐莘菴調戶右羅蘿村補工右德厚兵左廣
林戲刑侍齡鑑戲兵侍孫瑞珍兵左趙光兵右廿八日朝考題

周而不比論恐懼修省以逕和甘疏毀方瓦合得方字　賞
芽茶三瓶阿哥們送荷包扇等件徐穉生進書房　賞一等
參朱桐軒啟閣學廿日閱卷務卓祁實瑞趙羅福周和五月初
一日　賞荷包扇囊等十件初二日戴醇士放廣東學政
賞葛紗二疋葛布二疋宮扇蒲扇香色八椒串十錠子串八
香牌四手巾二團扇香排各一匣　御門李菡得升副憲羅
惇衍通副曾國藩庶子初三日派大教習祁淳甫福元修　賞
灰色光綢一連駝色兩則實地紗一連天青芝地紗衲料一熟
羅一匹初四日鼎甲宗室福建新進士引見初五日山東等省
引見除鼎甲授職外用翰林五十一名分部四、四人知縣百十二名歸班七人初六日見時謝姪遵祁用翰林恩十一日小教習定八人丁嘉葆車克慎林鴻年沈兆霖馮桂芬江國霖王芳陳寶禾十八日蔣文慶升安藩李侖通升浙臬但明倫放兩淮運使十九日至書房廿七日　上至黑龍潭六月初三日馮德馨放廣西臬初八日遞事後至書房十四日慶園以三品京堂候補十七日戴醇士孫蘭檢得講學程楞香得通政張振之得侍講廿四日汪衡甫以四五品京堂遇缺題奏先開郎中缺廿五日敬達生請開缺賞假工部保昌署欽天監特芳山署柏靜濤放内務府大臣黃琮卿放正詹廿九日至書房七月初一日鈕松泉得司業初四日孔繼尹升廣西臬藩嚴廸甫升廣

東臯初五日程煥采升湖北臬初九日　御門全小汀吉明
得閣學孫葆元得少詹王懿得常少十一日覆帶京察十七日
記七月十三日　召見起每日一員十八日至書房廿五日
至〻　安佑宮站班行禮八月初一日　賞月餅二崇文
門穆鶴舫賽鶴汀初二日　賞榆次瓜兩個初四日　賞
香橼九個初八九日俱　賞月餅初十　萬壽卯正行禮
至同樂園聽戲　召見後五位阿哥出見　賞荷包四對
緞袍褂一連銅瓶一個手鏡一面帽緯一匣磁盤二個墨一提
茶膏一瓶十一日送四位阿哥杜部詩一部筆洗一歙硯一洋盒
一阿哥們送荷包壽件十二日卯刻至東樓門一八刻至同樂園

聽戲鄭梦白調福撫吳淪色調山西撫梁心芳調雲撫均無庸
進京梁俟吳到後再赴雲南十六日楊能格升右允至書房廿
五日敬達色開缺特芳山調工尚保昌補礼尚文孔修管欽天
監廿六日改放定王趙光祖升雲藩普泰升雲臬九月初七日
至書房初八日、 賞重陽糕初九日改定廿九日紫光閣卅日
箭亭十月初一日武進士引見初二日 太和殿恭閱 奏
書 冊寶初三日傳臚下園初五日 綺春園進 奏書
冊寶初十日進 賀表十一日裕公放僕少廿四日
初六日進
御門何桂清升光正羅惇衍升太僕正曾國藩得講學丁嘉
蓀得庶子魏襄放僕少廿六日至書房十月初一日 賞奶

餅　坤寧宮喫肉武進士引見初二日、　賞晾羊初六日
上至綺春園恭進　冊寶遞冊穆寶潘王、冊恩接冊桌
寶陳玉寶賽蒙　賞大緞二連江紬二連大荷包一對小荷
包四個初十日至　綺春園隨行禮辰刻至同樂園聽戲
賞大卷八絲緞一連江紬御料一端帽緯一匣銅洗一個墨一
匣銅手炉一個荷包四對茶瓶二只茶盤二十一日辰刻至同
樂園聽戲十三日李芝齡開缺祝蘅畦調禮尚魏麗泉升總憲
十四日周芝台調刑右張小波調工右羅蘿村兼署錢法堂十
五日　升殿頒詔十六日寅刻九阿哥生凡時叩賀　天
喜十七日散後至樓下會審郭洸侯一案過堂十九日　賞

洗三果廿一日至書房廿七日　賞哈密瓜十一月初一日
慶祺得副憲初四日惠制軍開缺布彥泰放陝甘督未到前林
少穆以三品銜署初六日德誠放倉侍十一日黃槃卿升閣學
至書房十二日綬兒引　見補中書十四日遞謝摺十八日
馮邀園德明賞馬十九日魏麗泉桂燕山賞馬是日　賞哈
密瓜二十日善祥控禦過堂特芳亭兼署大馬　賞冰魚廿
一日　賞五雲豹三百張大緞一端　上諭館京察二人
過堂岱保經文二員廿二日齋宮　見至書房廿三日辰刻
至　壇廿七日同穆鶴舫至內閣海帆偉堂亦至京察過堂
定等第廿八日孫蓮塘得廕事廿九日微雪十二月初二日

賞氆氌一卷初三日　賞柿餅內閣拆封一等岳興阿恭
壽瑞興伍恂張亮基滿票簽四文岳吉壽恒通伊桑阿典籍一
額勒亨額滿本三覺羅達慶慶德景桂漢本二吉勒通阿祥泰
崇古一祥奎沈維鈺丁浩共十九人初四日　上至大高殿
祈雨雪初五日　御門何根雲得太常黃莘農得通副車意
園得庶子鈕松泉得右允初七日　賞歙硯一方初十日羅
蘿村告王藕堂升工左陳子鶴署工右兼署錢法堂至戶部過
堂定滿漢司員筆帖一等　賞燕窩十二日至戶部滿漢候
補司員筆帖過堂定等第並省筆帖繕寫本人等十二日薩湘
舲賞馬陳子嘉放洗馬同鶴舫至翰林院京察講以下十九

貢華帖五員編檢預備　貢一等德惠常祿杜翰蔡宗茂沈兆
霖楊銘柱李佐賢李道生鍾音鴻徐相支清彥倉景恬曹澍鍾
胡應泰徐士穀梁同新史致諤顧嘉蘅顧開第備林鴻年晏端
書毛鴻賓戶部折封滿一等恩榮全順福亨海瑛福連穆清阿
桂良常恩齊斌達吉祥穆騰額漢顧蘭徵劉仲珻陸以煊王增
謙朱昌頤朱逢華疾盛瑞老吉安不及溥祥十四日卯刻至養
心殿階第一層失足傷鼻碰去門牙二　上命軍機大臣派
章京宗績辰看視即將情形遞片復奏　派副憲和大人到
寓看視申刻覆奏又　派章京聶澐于丑刻到寓看視由軍
機大臣面奏十五日丑刻聶雨帆來託遞謝　恩摺　賞

黄羊是日祈雪十八日、上遣閣學載垣來看視以謝恩摺
送吳補之次日代遞許滇生放常少汪衡甫放順天龔文齡謝
奉丞十九日　賞蠟箋十張皮糖又糖送四位阿哥筆四匣
箋四匣四書一部筆洗一个廿二日遞安摺銷假先是
上命總管太監傳知南齋太監于世恩進內時着一人扶掖
面叩謝恩　賞箋帋二卷皮糖青果阿哥送荷包等件　賞佛手
廿三日陳繼昌開缺江藩放徐廣縉李煌署吏左　賞納
木瓜柚子廿四日領到　賞命婦緞二疋廿五日
緞四端廿六日　賞緞廿七日　賞鹿尾等件廿八日
賞荷包九個蜜羅柑橘石榴廿九日　賞荷包一對銀錁

十八荷包一手巾二方
廿六年丙午七十八歲元旦　乾清宮　召見　手賜金
錢荷包初二日　坤寧宮吃肉同穆鶴舫至書房　經筵定
于二月初五日即用上年講章並前派直講　賞福方十張
絹箋廿張箋紙廿張湖筆廿枝提筆十枝初三日奉　旨三
月初八日　啓鑾十二日謁　陵十五日至新衙門十
六七八日團河十九日舊衙門廿日回園初五日直講　改
派賈楨至書房得本日　諭旨給阿哥們看五阿哥嗣惇親
王後封郡王一切分例俱照常十六日　正大光明殿筵宴偕僧
王怡王同見至大朝房外有應詢內外扎克薩汗王及張家胡

圖克圖事宜稿於次日覆奏十七日　正大光明殿廷臣宴
穆藩卓陳恩賽祁保祝文何阿李特杜吉　賞灯一對手爐
洋烟蟒袍紡紬各一件江紬袍料一連二十日開印廿二日發
出　硃諭軍機五人皆交部議叙有精勤襄贊一德一心之
語倍加感悚恩小山訥寶者三制軍黄恩彤俱議叙餘照常供
職是日叩謝　天恩于次日遞摺廿四日賽鶴汀周芝台
派往江南查勘各工善後事宜並閱江南江西安徽三省兵
廿六日京堂引　見講學奎光閣學恒青太醫三人俱休致
餘照常供職梁心芳告開缺陸立夫升雲撫郎熊飛升直藩周
芝生升臬九阿哥　命名奕譓二月初二日　坤寧宮吃

内是日吏部帶京察内閣翰林院各部司員赴初四日京察單
發出内閣岳興阿恭壽伍恂張亮基翰林常祿杜翻楊銘柱林
鴻年李佐賢李道生鍾音鴻倉景恬徐士穀顧嘉衡晏端書户
部全順海瑛劉仲瑇陸以烜常恩吉祥穆騰額桂亮法福禮王
增譞朱逢莘初五日至 文華殿辰初 上至講畢下園是
日面奉 諭旨嗣後講書行禮畢即散毋庸具奏請 旨
是月二房孫女于歸汪俊民外孫初六日老人班引 見休
致八人初八日至書房傳 旨杜貫朱至海子徐丁照舊五
阿哥午初放學如徐有事一丁權初十日覆帶記名五十六員去
十二員十二日 召見起每日二員十三日 派斌良圜

差行在刑印鑰　派賽尚阿兵部　派何雨人富呢雅杭
阿得講官十六日為花崧山令題國子丁香花圖卷十八日戴醇
士得閣學和色本升詹事東意園得祭酒陳寶禾得侍講賽周
跪安恩小山署戶尚趙光署刑左十九日　派留京定王卓
東恬恩桂陳官俊廿六日麟見亭仍以四品京堂用廿四日
賞肉桂二捆小敎習派温葆醇廿六日鄭王遞遺摺　派
四阿哥即日前往杜貢不到海子　命朱徐去權館睿王放
宗正福濟署戶左薰查庫廿九日至書房三月初一日　召
鑾後文署掌院特署繙書房奕帛温葆醇得講官初八日寅刻
出門辰刻在西頂門送　駕初十日遞　安摺報到知衡

南暫署府丞十五日卯初出南西門至新衙門巳刻在　宮門
西接　駕跪安　召見蒙　恩賞穿黃馬褂同怡王鶴
舫泥首叩謝次日遞摺二十日寅刻到園朱繳堂得閣學三十
日　上至黑龍潭拈香裕方伯報鄧嶰筠開缺林少穆放陝
撫俟番務告竣到任裕方伯署唐樹義署藩四月初一日
賞奶餅八十一個初九日張星伯得府丞十一日慧秋谷得戶
部員外十四日奏鄭親王謚　園出慎字十六日文桂開缺
陸蔭奎放蕪藩文俊升直臬至書房十九日有　旨廿一日
親詣黑龍潭阿哥王等分詣各處拈香廿四日吏部奏捐納房
在京之得受陋規者永不叙用　御門杜翻升庶子田雨公

得洗馬謝降撒壇阿哥王壽各處拈香廿六〻史館提調陳啟邁
得廿七日御史三缺李道生朱昌頤曹澍鍾得　賞普洱茶
一瓶各種芽茶二瓶廿八日送阿哥扇箋四匣筆筒印缸阿哥
送荷色等件五月初一日　賞荷色等九件初二日　賞
葛紗二匹葛布二疋宮扇二椒串十香牌四香色八香串一匣
香色一匣扇〻匣夏布二實地紗袍料二連葛紗袍料一端氅
綃衛料一連瑋兒引　見補太常寺博士初四日遞摺謝初
五日為但明倫題雪舟壽海圖初六日考差題無為小人儒臣
為上為德一節靈雨既零得零字初八日　派閱卷十人穆
陳祁文李煌賈福趙全黃琮至書房十一日翰林宗人府內閣

試差人員引見十三日上至黑龍潭三壇派四
阿哥六阿哥瑞王午後雨十八日青慶得右允廿一日為葉東
御題遂啓琪鼎歌廿四日阿哥們三壇謝降廿七日未進内廿
八日章京來知奉旨不必亟亟至園須養好再去毋庸遞
摺又五月初一日考御史繩愆糾謬論初二日發至内下考單雲
南潘曾瑩張煒貴州金鶴清吳福年召見時先跪安初三
日遞摺卒瑩兒在宮門外叩謝天恩初四日御史記名十
三員初五日至書房十二日瑩兒卯刻啓行廣東全慶陳啟邁
廣西馮譽驥鄒振杰福建孫葆元蔡念慈十三日瑞芝生開缺
慶錫署兵右十四日宗人府帶鄭王襲爵瑞華得柏葰調户左

福濟調吏右明訓調工右慶祺放盛戶薰奉府尹倭什訥轉左
翼福濟放右翼廿一日至書房廿三日湖南蕭浚蘭梁同新四
川徐士穀吳嘉淦廿八日文孔修福元修至天津查辦事件六
月初一日國子監考到題視其所以見善以相示也初二日呂
堯仙派清秘十二日浙江周祖培王景淳湖北廣師敏何彤雲
至書房十三日靈桂放副憲十八日　太廟政　派四
阿哥恭代廿二日陝甘陳寶禾青麐江南柏葰黃贊湯廿五日
錄科題齊之以禮荷珠得珠字廿九日芸臺重赴鹿鳴　賞
加太傅食全俸七月初二日監臨　派德煐至書房初四日
沈拱辰以三品卿銜放天津鹽政初五日劉源灝放山東運使初八

日河南孫銘恩林映棠山東朱嶟吳保泰山西罕道遠彭涵霖
禧凝無華公爵去雙眼翎仍帶單眼翎降鎮國將軍十二日
賞榆次瓜十四日　御門桂德敬通政沈朗亭得侍講廿
五日西南門坐船至　安祐宮行禮廿九日監臨　欽
派靈桂送阿哥紀批藕詩筆二匣銅水注一漆合一四分八月
初一日崇文門文慶福濟得初二日　賞香橼十初三日
賞月餅初四日發出學政單順天徐士芬江蘇李煌浙江趙
光安徽羅惇衍江西孫葆元福建彭蘊章陝甘王祖培湖南江
國霖湖北梁同新四川徐士穀河南葛景萊山東何桂清山西
龍元僖廣東全慶廣西周學濬雲南王恩祥貴州何桂珍奉天

留朱鳳標署户右黄琮署兵右沈兆霖　派上書房初五日
江國霖因原籍湖南與梁同新對調雲南學政改放蕭浚蘭
賞月餅初六日主考正祁春波副福元修文孔修同考官史
致諤倉景恬趙振祚車順軌史淳竇奉家鄭瓊詔趙昀許乃釗
王芳劉崐張金鏞章嗣衡英淳羅傳球金昀善宗晉錫祿沈朗
亭至書房初八日同樂園聽戲蔡小石得司業夏石珊派小教
習阿哥們送荷包等件初十日祝　萬壽行禮後至同樂園
聽戲　賞袍套料三件荷包四對磁瓶銅鶴各一帽緯墨茶
膏二匣頭場題不曰堅乎四句文武之政四句如知其非義三
句一行斜字雁書來得秋字十三日知二場題上古結繩而治

至書契歲月日至周成蹟彼公堂三句習命于蒲官先事二句
十四日　賞帽緯二匣十五日作八月十五對月有懷詩七
律一首又作憶舊詩七言絶句七首廿一日閱火器營操諸班
廿二日匀到新疆雲貴兩廣廿三日李石梧放雲貴督未到前
陸立夫署立夫調蘇撫未到前陸蔭奎署張曉瞻升雲撫賀藕
耕降河藩李陸張俱馳驛赴新任不必來京請　訓廿五日
宗室覆試不時不食琴書消憂得書字廿六日　派同杜花
閱宗室卷定二等一名三等三名散後至樓下張安邦一桌過
堂廿七日李煒煜升浙臬七月初一日惠王得上書房諳達瑞
王內廷行走俱毋庸讀書初三日匀到福建奉天陝甘初七日

勾到湖廣江西浙江初八日勾到安徽江蘇初九日　賞花
糕十一日勾到河南山東十三日勾到山西直隸熱河覆試題
民之秉彝二句賦夜庭前葉有聲得秋字十四日閱卷穆卓杜
花十七日勾到新疆雲貴廣東十九日勾到四川二十日至書
房廿一日勾到廣西福建陝甘廿二日勾到奉天湖廣為張鼎
輔太夫人題冊首四字廿四日勾到江西浙江安徽廿五日徐
廣縉升雲撫傅繩勳調江藩葉名琛放廣東藩廿六日陸蔭奎
以鹽禦降調程晴峯署蘇撫楊疊雲署漕督子鸛署倉侍郎王
菱堂署錢法堂李僡放蘇藩李廷棨升府尹廿七日葉昆臣暫
署府尹廿八日見面時請假奉　旨令于十月初三日到園

十月初一日〃 賞奶餅初二日 賞神肉初三日請
安謝 恩 賞晾羊哈密瓜初五文秋〻放盛府尹兆那
蘇圖升直隸初十日至 綺春園行礼十二日領到 誥命
四軸十四日同之琦告開缺徐繼畬升廣西撫陳慶偕升福藩
徐思莊升東臬二十日 御門熙成得常正十一月初二日
一 聖駕進宮跪安初三日面奉 諭旨初四毋庸進壇初
具摺請假十日十二日 賞哈密瓜十三日 賞佛手十
八日銷假面奉 諭旨毋庸日日進內或隔一二日或三四
日俱可謹叩謝 天恩〻二日 賞青狐蘸大緞一端廿
三日至書房十二月初一日瑩兒至圓通觀初二日 賞黃

面貂褂一件氆氌一匹柿餅初七日　賞燕菜初十日徐莘
菴開缺調理朱致堂放直順天學政李楨堂補戶右留學政任仍
朱桐軒署初十日　賞帽緯　御門黃贊湯升光正慶的
升通副恒毓得鴻正十一日　賞冰魚十二日　賞青果
十五日　賞黃羊十六日彭咏莪升副憲吴淪[illegible]開缺回籍
王西舶升山西撫陳士枚升山西藩周開麒放福臬十六日送
阿哥史記精華一部箋四匣墨床插屏各一共四分　賞皮
糖伏糖十九日寶相留京管刑部充掌院上書總師傅　賞
福方十張各色箋廿張湖筆二匣絹廿張提筆一匣又箋二束
琦善以二品銜放川督裕良放駐藏大臣廿一日奏寶相充日

講起居注官廿三日孫梧江放雲南學政　賞佛手七木瓜七柚子七廿四日阿哥們送荷包等件廿五鄭夢白調廣西撫徐繼畬調福撫廿六日　賞大緞一錦緞一天青江紬二廿八日　賞荷包九個廿九日　賞御書龍字一幅　賞荷包內銀錁十八件手巾二又荷包

癸卯年汪少峰書

廣東翁同書 鄧爾恒 廣西李承霖 鍾保 福建博迪蘇 徐相

十五日題吳菘園涵恩歸櫂自圖 十六日縣敬公兩人至南河 廿二日

四川曾國藩 趙楫 湖南陳枚 甘守先 廿四日吳崧甫升閣學

殷直台升學士 鄭兩三補贊善 七月初二日奉

諭世恩無庸進署漕帥仍着進署 五日吾園 初五日陳棠階

放粵臬 初七日慧雨亭華騏暫留河督 十二日浙江儀吉老桐

楊能格 江西洪第匡源 湖北蕭時馥 沈元泰 十五日黃蒙

溥慶 十七日 御門慶錫齡 繼得閣學斌良 授迪莊得

副憲恒青 閣學王右房 廿日江南賈楨 徐士穀 奏廿

丙午使滇日記

（清）潘曾瑩　撰

丙午使滇日記

道光二十五（六）年

閏五月十四日寅刻自啄木起身，雨後上源小橋流水極有幽趣
巳刻至萬碑店（卅五里）自尖，仍稀飯。離此午正至定興（廿五里），以館宿今界
瀛道人在路旁接，身夫俱輕便，周至下人小心謹慎、[redacted]
典史何桂全[redacted]來[redacted]相識，駐子先行前站北河，住以明
日站長也。備菜杯四種係甘蔗[redacted]
十五日丑初啟行，七十里至安甯（巳刻）以館尖。孫令章桂、胡道人伺候
午刻行過慈航寺，寺為方規，係建上宅故，因與略坐小憩。寺僧獻
若甚甘（酬以銀）。五十里到保寧（申刻）以假納制軍郭藩元彭臬台暨道台何太
守俱遣人迎接，照係遣[redacted]人持帖請安。和[redacted]暨年家眷侍何

日思家眷及浣華娥，路上風帽雨具鞋不可不帶

清苑縣許同年夢蘭來談，彭雲墀送菜暨猪一蹄，傍晚雲墀來暢談，知六日五夫在滇按印制台送酒席魚一桌，肉饅二碗

十六日丑刻啓行，四十五里卯正至陘陽驛，茶尖，十五里至方順橋午飯，滿城令遣人伺候，三十里至望都縣，令陳士全出接，即至公館一茶，三十里未刻清風店宿，是日天氣晴明，須臾狂風卷地，雨勢驟來，幸已到店，宮好收，因來不及，未備酒席，因自作飯菜，曲陽一路荷花盛開，駐子隨到宮好收，仍送酒席來

十七日丑正啓行，月色正好，雨後甚涼，三五十里卯刻至宮好館，好宗琳主路旁接，知伯昇寅旭年伯之子，同年宗琦之兄，一茶卯行

寶公在縣衙送辰刻三十里明月店尖仍寓宮州牧備席二十五
里至新安縣〻令遣人備茶尖四十五里申正至寓城驛正空〻縣
許〻勳遣人請安馳子〻至刻即刊大風雨辛正到公館矣
十八日丑刻小雨後甚涼卯刻至正空公館飯尖志府馮季良孫
〻勳同來謝賞贊遣人在路旁接飯後寄至澤沱生事城宿矣
雨後風店至明月店尖口占
惜春隨〻傷春抑雨後偏宜乾晚涼明月清風本無價便都無詩夢
到滄浪

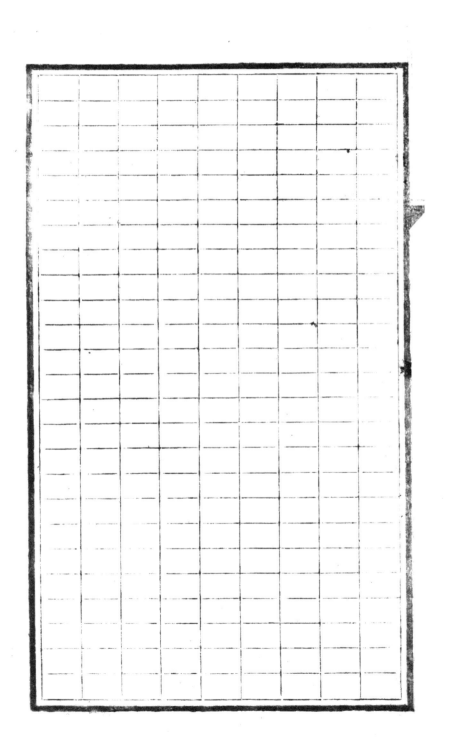

十八日卯刻至巨宫館尖宋家坡把交晴黄棲宋巳刻行过漾濞沱的六十餘里申刻至粟城公館聞之李錦來見以扇字書

十九日辰刻至大石鋪早里尖楚湖暇明以来見揖拜允之子申刻六十里至杉鄉公館聞之臨耳東昧交署亲照羅之二巳早尽命駝子隨州

二十日卯刻起行巳刻至由邑鋪尖六十里陳孜鞅遣人伺候未刻至那衆公館六十里午粵傑吉道宗梅隨州公館來見駝子於兩西州

廿一日卯刻寅起行巳刻七十五里至雅洛閏尖署永平令同鄉毛承柏遣人伺候同知唐都遣人賫安城梅交業門生也午后行二

〔晚向色亦尚美
然未放多吃也〕

〔雲谷道人送至
壹無依依情意款
洽之至〕

十五里至呂仙祠，晤畫達志道人，歎茶志達，小憩荷花小閣后
時又二十里申刻至邯鄲郡公館，今莫蒼璞遊人回旅剖刊（邯子周）是日剃頭

〔呂仙祠〕觀者生睡像

一枕黃粱證大槐，功名應不羨書生。使臣漫說飛騰疾，夢盡昆

眠頗甚適

廿二日丑卯刻行，辰初七十里至磁州公館。金師荔（蚁牧）出來，晤談而去
並循例來時刊署一看新得閣帖。磁州一路俱係水田，向鑿去
有荷葉菱芡蝦蟹，小雨清潤，涼爽之至。午正三十五里過漳河，即
至豐樂鎮公館宿。午後入河南境，安陽令朱鄭以帖來公館告

一路俱係稻田，故米極好也。

廿六日行一百五里，雨。午刻已到宜溝之王因里家中，方吃午飯。此驛未刻子隨到。

磁州道中

流水碧于玉，烟光畫不如。行人行蔽葉畔，綠遍蒔花匝樹，密千蟬唱灘聲，一鷺眠詩心，清似洗，汨汨睡鳴泉。

廿七日子正行，寅正四十里新店，李柳溪令朱顏花遣人伺候。太守俞雲史前輩遣人請安，出城遠迎。張曉瞻方伯遠來，奧中不及談。四十五里至湯陰縣，謁武穆祠，李祀先迎送門外，程廷鏡遣人預備點心，并渭遣人湯右出。二十五里未初至宜溝驛公館。

駐于同州

廿四日丑刻行，過洪水，辰正六十里到洪縣，以假寓，徐孝之遣人伺候。前令之婿郎延緒以冊頁索書。五十里未正渡水，以假宿。衛輝大守積立遣人請安，令張臨華來駐，于隨州

過洪水

楊莊渡口，便殊吹來，霞涵襟，但聞泉泊，不見竹森，細石穿渚，溜小橋，跌潛陰，何人罵，候水和以七絃琴。

廿五日丑刻行，辰初新鄉五十里，宿蕭，犬令朱士庵遣人伺候，四十里至山西令館，蔡鼎二十里獲嘉，以假宿，令嵩同年延寧者遣人伺候，明日可過河矣。

此稿元村驛，病，獲嘉，駐于隨州

閏五月廿六日丑刻行辰刻渡黃河荒澤之遣人預備坐船甚寬
抵岸僅四刻可登行七十里午刻到公館吳荒澤之蔡鴻書來四
十里巳刻至鄭州公館宿甚精緻略收拾眼來直隸至河南一帶
俱乾旱今日始見透雨人心涼爽驛子卯到
廿七日寅刻晴卯刻行巳刻五十里郭店驛屬新鄭未刻四十里新鄭公館
宿之弟英在道旁接隨到公館來驛子先到
廿八日寅刻行午刻石固驛公館宿今日僅六十里路短甚是快
到館後早驛子同到驛屬長葛縣之顧元海遣人伺候
廿九日丑刻行辰刻五十里潁橋驛屬襄城縣之石帶康遣人伺

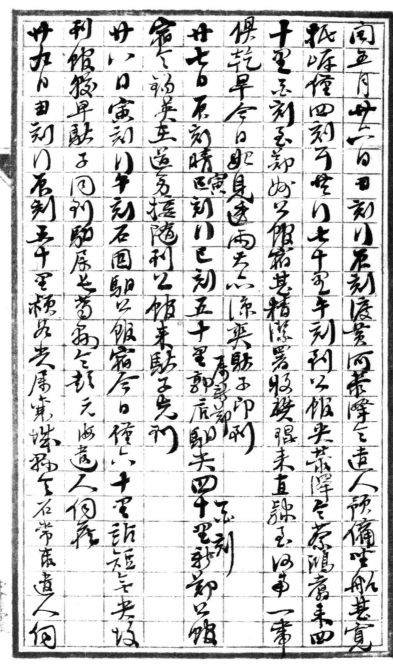

辰末刻五十里至寶埭口飯，宿石公，仍道人何侍騏子亮刊

六月初一日丑刻行，巳刻（六十里）葉榭，未過泗涇，耕雲令李鎬來并借

照文十五年并崑山孫天緻候去矣，午正三十里舊涇宿，仍屬

葉榭預備駅子回州

初二日丑刻行，南出門，大雨如注，因想道旁天明冒雨行，三十里

（巳刻）保安，仍屬葉榭，飯後雨止即行，路上好，去保安以南雨不大也

山野甚佳，過光訪扁延之，同回，晚進去，門外白蓮花盛開，書堂名至也

曹蔵行池塘，極備酒之設，謂光訪倚壁上繪二十八將，旁並四骸

寶翁李通年芬王帝道人，煮茶甚佳，茶畢復行，一路無雨，共六十里（巳刻）至祖附

公館宿。收程信來,馱子先到,到公館後即大雨。

一程幽道中

雲樹七八濛雨乍晴,綠(秋)含下晚風生。山椒小水尋詩料,大芋高荷田畝詳。時有吟情憶古驛,卻看沙鳥傍前程。使臣莫說驅馳苦,一路山光歸送雨。

初三日大雨(午後漸晴)。徹夜達旦,巳刻雨稍止,即行。共行六十里至博望驛(至新)宿南陽公館宿。今吳茂如遣人伺候。馱子先到,是日以尖為宿。

初四日寅刻行,巳刻三十里新店尖,吳茂如遣人伺候,未刻三十里南陽公館尖,吳公遣人伺候,又六十里戌正瓦店公館宿,仍係

南陽令日葉行一百二十里仍宿臣站天晴路極好無甚高小岺令
胖以團扇索書狀往南陽府署中駁子炎判
初五日寅刻行六十里午刻新野公館晤炎令韓潮出接三十里申
正新店宿仍係南新野道人倪疾駁子炎隨判
初六日丑刻行巳刻四十里呂堰驛日尖襄陽令編蘇迎候沈吳宝
道人請安又三十里午初茶尖仍係襄陽府備又三十里至樊城未初
以大庭作公館
道江續後茂清安宗差人至道旁接駁子隨判
初七日宿樊城公館整理行李明日即西行矣

六月初八日寅刻由樊城渡河過襄江午刻小河口尖（六十里）宜城令查道
人伺候今日傍江而行一路棹歌帆影足滌塵襟三十里申刻
至宜城以館宿宜令程奎光（荊州府石首人）安道送另掛帳古宛敘行李先後到
初九日寅刻行程令出城送（晚行甚涼）辰初南新店尖（四十五里）宜城令查道人伺候午
初四十五里麗陽驛以館宿鍾祥縣查道人伺候行李已先到
初十日丑正行六十二里辰初石橋驛尖荊門州查道人伺候未初（六十里）
至荊門州以館牧郡觀展安道另掛帳行李先到

「荊門州對月」

肩輿行犖确一徑入雲隈不覺碧山暮又看明月來隔空河露濕
把酒此徘徊今夜長歌對夜知情抱開

劉師陸尚未
刊任

十一日丑正一刻卯初刻四十里園林尖仍屬荆門又五十里午刻至
建陽驛宿巡檢劉治澤出接驛子先後判荆頭
〔荆門曉行〕
漳岩山中早七營遲罨便曉烟尋細路斜月掛園林稻隴風來清
蘇時露氣冷孫雅與和寒樹驛悍吟
十二日丑刻行四十里卯刻四方舖尖五十里午刻荆州府飯宿
將軍恆通壽禄雲臨遣河道旁劉前輩源霖遣人（遣人到以飯菜來）
接劉太守及江陵令小坐隨行
十三日寅刻行至　江神廟小憩卯刻登舟未刻到以安稱畧江
陵縣差人回去（舟中）桌圍茶背衣牛皮箱一切伙食俱收去以安縣差

家人來，帶來梁園等件，及伏介、蕭槐等為署以安，兩函村帖請安。朱壽增

以博從如此，且候梅縣。戌正泊陀孔馬頭，共行一百六十里，風極順。

十四日，寅初開行，辰刻入湖南醴（澧）州境，午後小雨，亥正泊三汊脞，

行九十里。營兵例犒。

十五日，寅初開行，風極順。舟人以扇求書，晝晚雨一陣即霽。戌刻

泊筅口，行一百五十里。湘鄉縣差人趕來。舟中人煎小白魚，甚肥美。（十五夜一行）[牧廣岳以帖請安]

十六日，守風一日。

十七日，風定，卯刻開行。刀卧陵墨縣差人來，會河雲華以帖請安。（丙申）

晚泊洋工，行九十里。天涼。

蕭禮堂而筆
以佑德安

十八日丑刻開行天漸亮矣馬褂並預備（夜蓋棉夾被）棉馬褂換草布衣褲百
刻至常熟公館後令至舟中接並預備傘繖（後）執事等以百呈
角舟行逗
月色隱樹梢烟光淡溪曲不聞人語喧漁火一星綠

十八日宿龍陽，以館舍假龍陽縣陳同年石蓮令即來

十九日辰刻行，龍陽令[illegible]送（送遊）巳刻陬市（三十里）尖，蘇光岑來，判即行，未刻

四十里宿桃源，以館傳，令黃其表（壬辰）出接，即來，小雨夜凉

二十日卯刻早飯，行，是日路短，午飯尖，日至水書堂，遊者二人護

送出縣南境，黃令出道旁送，三十里茶尖，桃源縣備又三十里宿

鄭家驛，以館傳，午初仍是桃源，天氣晴爽，羅姓人以封帖來書志

焉

廿一日卯刻行，三十里楊溪橋茶尖，又三十里宿新店驛，以館傳（仍是桃源）

巳正，迴檢張國森出接

廿二日寅正行二十五里太平鋪茶尖仍屬桃源又五十里度神

龍岡巳正到界亭驛以飯沅陵縣丞辛重光道旁接以飯賓敬迴

廊出於卯左山中秋色鮮妍面對峭壁蒼翠行酒遍地皆鋪松毛

清芬可挹今日用縴四人極穩

廿三日卯初行四十里柳子鋪茶尖并吃點心沅陵縣備又三十

里午初宿馬底驛以飯巡檢劉三聘道旁接縴四名

廿四日卯初行四十里稻溪鋪茶尖并點心沅陵縣備又三十餘里

午正宿辰陽驛以飯沅陵令洪慶華來先生道旁接[redacted]甘州令陳福麟

黃儀行張思詩[redacted]提元王宗貴以帖請安辰州知府趙國鈞

送百里外。遣人以字帖請安。犒八名
廿五日卯刻行四十里馬稽鋪茶點，仍屬沅陵。又四十里未刻船
溪驛公館宿，仍屬沅陵。巡檢宣鎔出接。犒八名
廿六日卯刻行。巡檢出送。四十里辰溪公館飯尖。令趙朋發出接，
並備執事接至公館飯。飯後過辰江。趙君亦過江相送。又三十里未
刻宿山塘驛公館。犒八名
廿七日雨。卯刻行五十里留雲寺飯尖，辰溪沅陵備。又四十五里申初宿懷
化驛公館。同年芷江令汪廷榮遣人以帖請安。天氣頗寒，穿夾襖
套馬褂單缺襟袍（有領帶）。錢七好去。犒八名

作長句與尹生詩

廿八日天氣晴寅卯刻行至尖六十里午初宿以坪驛以假秋雲
太佳書扇對及畫帕中畫蘭梅咸採一枝插鶴瓶中得以成
廿九日卯正行四十里茶尖又十七里巳正宿沅水驛芷江令
連執中來拜太守重懋之謝同年道葉友樵李同年洋章畫史黃
北璞仍出道寄揚即來以假談假中住屋精雅復有書筒尚佳子
貞所書篆竹也佳來刻書扇對候傳畫顏至數今日知蕭節泉馮
小字徐棣生吳淦如侄乃是陸如門生可稱佳話得以成（李太守亦探出搬送）（小字記此）
三十日卯刻行二十里茶尖又二十里過萬枝關嶺而不險
便府守收午刻至途水驛以假得以成書扇對

山行六七里深谷兩三家野蝶忽無數去尋何處花清谿看曲
折修竹自橫斜日暮試憑眺詩情在晚霞 山行口占

七月初一日雨旋止三十里茶鋪尖昊出備又三十里午刻到昊
州公館通判西時辭巡檢羅金源出接送此即貴州界無驛八名
個中者供精緻雞羹家人四名在階下片燒肉燒鴨二類甚精因
思彼年必老死也貴扇對四匹飯後書對無數貴出玉屏令劉丞
麟道人來接
初二日卯刻二十里茶尖昊出備又二十里茶鋪尖玉屏備又三十里
未刻宿玉屏公館

七月初二日宿玉屏縣館。差弁田南北（州）持玉屏札，內有安字
初三日陰。卯刻行，三十里羊平塘茶點，尖清溪縣備。又二十里午刻
宿清溪縣公館。會李大令勳及典史、把總、道員梅（玉嶽）、印委署府趙太
佳渙署中待茶，刺託［illegible］律以名。
初四日卯刻行，天極晴明。五十里焦溪飯，尖。鎮遠又四十里未
正至鎮遠公館。太守慶僖峰、前署令曹興仁（丙申）出接，總兵葉玉林未
領，郡弁出城接。曹令、郡守作前導，僖峰及曹大令（汝霖）談半日而去。葉
總戎亦未律以名。
初五日晴。卯刻行，太守、大令及郡弁出送。三十里劉家庄飯，尖。施

東皋備述相見坡路崎嶇實坡不險又三十五里未刻宿旋東以館之
陳燕生出接鐸以衣
初六日雨卯刻行大令出送三十里至藍橋飯尖仍旋東午晴渡氾
雲洞丹桂盛開頗〻未能通渡又三十五里未刻宿黃平州以館
鐸十二人署牧周耿廷典史沈綱及都司以下俱出接以原鐸俱
初七日晴三十里重安驛飯尖黃夢平孙弁號接又四十里申初
宿清平以館牧王倉生接典史孙弁亦接
中
初八日雨四十里楊老驛尖平越州牧在驛遣人相候又四十里
宿貴陽驛孙弁出接平越地藏佛拄於橋內則以館渡尋不見民壯

給乃送上程錢百文

初九日雨卯刻行五十二里未初宿貴定公館是日訪短毛貴令胡霖澍及典史君同出接晚晴

初十日雨卯刻行三十五里新安飯貴屬貴定又三十五里申初宿龍里公館令陳星燦炘遠封令出接即來見

十一日晴三十里谷腳塘飯貴屬龍里午後雨又三十里申初至貴州省城公館撫藩臬道學台首府縣遣人出接見官又遣弁出接即遣人持帖去謝周作楫前輩送西瓜蘋果葡萄梨收蘋梨假璧以途中不能帶西瓜梨蘋亦不能多吃天氣甚涼耳

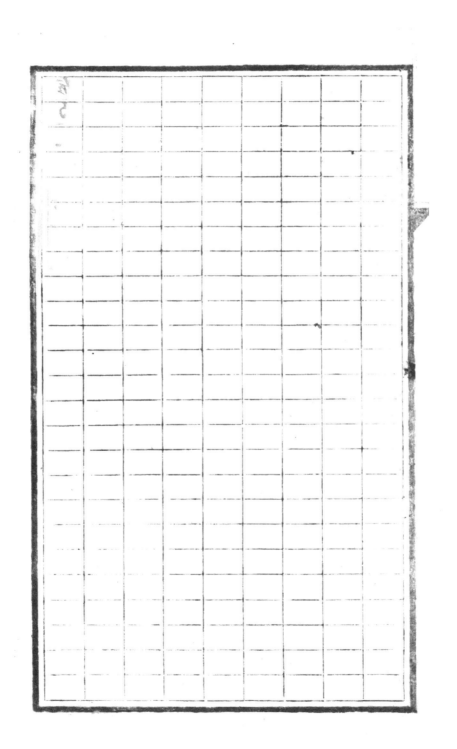

七月十一日黄幽甫、陳寶安、宇文周、小帆、梅筱甫、書同吃飯
十二日卯刻行。晴，路極平，三十里龍場飯尖，店貴紅汛，又二十三里未初宿
清鎮公館。令吳允叢琦丙、楊子及典史訥舟出接，將小帆所送藕分賞
下人。雲南摺差過此，送到六月十六日報，至書同吳華宇。
十三日卯刻行。晴，路極平坦好走，三十里蘆荻哨飯尖，店清鎮，又三十里未初
宿安平公館。署令程杖及典史訥舟出接。
十四日寅正行。晴，路極平，三十里石板房飯尖，店普定，又五十三
里未刻宿安順府城公館。提台王一鳳署、太守朱治璣及齋明海壽
普定令見。晚以帖拜王提台、朱太守，又來談半日而去。朱君福楚

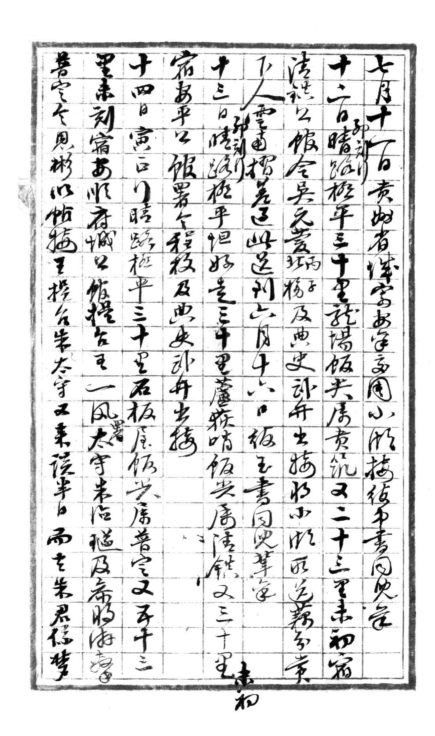

鄭照之徐古雷存
四明雪詞山雲宋
半窗烟

鵰鼓高高，門者程台送席二桌，外給錢一千，力夫二百文。

丙子
十五日，卯刻行，天既晴爽，路更平坦，五十五里午初宿鎮遠公館，署牧周濱吏目君寓書，未接館即至，外署是日訪短去矣。

十六日，晴，卯刻行，三十里白水河，偕寺叢墅其宿，廣寮開宿，正對瀑布，銀河雪練，長虹壯觀，芸臺先生題額曰觀瀑亭，并跋云為○語○如○牧○此○詞○觀瀑如○飽○從○從○閑○門○拒○客○又有記刻石比比，天古石梁其佳處不能見，多勞白，亦有聯語，長途又三十里，午正宿坡貢公館，廣來甫總兵來，署牧陽甚遠，牧吳庭甲遣人伺候，今日謝有高坡，而一路平坦，好走四十。

十七日晴（卯初行）三十里安樂塘茶點尖（耳郎供備）又三十里午初宿朗岱廳

公館副將李武舟出接署同知陳敏書出接今日過風凰岡石獅岡

皆高而寬廣路皆平坦極好走公館極軒敞館飲精潔

十八日晴卯刻行副將以下出送過拉耶坡不覺其險惟下坡甚

長曲折處甚多耳郎供備茶點尖又渡毛口河郎岱同知直送至

四十里外渡河而別共行六十三里未初宿阿都田驛康安郡弁

來接公館去獅子遠今聽隨員遣人回兵待十六人

十九日晴微有雨黎卯刻行有異行深雲中山光樹色迷離惝怳

不辨孰為山與雲也過高坡舊鋪俱無覺大王老鷹嘴山則上通雲

黄家大坡

峭石徑峻極，雨路逼窄，寬廣毫不覺險，大約野中之坡，上坡俱不甚險，惟下坡陡削曲折，若遇大雨泥滑，則策人頗費力耳。午正宿白（共廿里，又二十五里）沙驛公館。許升接孫維之帖，為過（普安）合沈西序遣人問候，隨從二十四人。

二十日晴。卯刻行四十五里，巳刻宿上寨驛館。路踏者每步，普安廳同知魯垂孔遣人問候，隨從十二人。

廿一日雨，途中不息。卯正稍止，即行二十七里，楊松塘飯。普安廳又三十五里，申刻宿劉官屯館。許升接，仍係普安同知魯垂孔來見。今日路已平坦，惟雨後逾覺泥滑，云過難經坡，遠不及老鷹崖之險。

廿二日晴。卯刻行，同知及許升送。二十里亦資孔飯。普安廳又五

迎補謝沅亨馮嘉 典史 來
塗撫玉溪由勝境
將係吾當要解促
以今人以區一同行

十里申初宿六瓷孔館，訪舟[illegible]撫，仍屠吾苗晋同知，遣人伺候
廿三日晴，卯刻行，三十五里至滇南勝景境　關帝廟茶點，又奠 馬平
又十五里午初宿平彝館。卯刻署地方官例不接見，諸孝以下俱以帖
來迎。撫書來，署平彝令潘時穗
廿四日晴，卯刻行，路極平坦，六十里午初宿白水驛，公館極曲折，
益雅，鋪陳亦精潔，屬南寧縣署令余居寬以帖伺候
廿五日晴，卯刻行，路極平坦，四十五里巳初宿霑益州公館，署牧
亦係潘附，館中花卉極佳，盆蓋羅列，洋繡球盛開
廿六日晴，卯刻行，路極平坦，三十里三岔塘尖，又四十三里至惠初

右縣已好去堆六七年矣

又朱九有聯云：知○詠○官○
作○福○模○鎮○籍○如屏
館中有池清漪可
覽

宿馬鞍山公館，館有十〇三〇座〇疊〇之堂〇，翁、桂朱九香罟殺花朵儀
廿七日，晴。卯刻行，秋色澄鮮，山水明媚。五十九里，小板橋飯，尖。南尋
罟殺文宗仲，遣人問候。又二十八里，宿易龍驛，仍集尋聞則
廿八日，晴。卯刻行，五十里，海瀾寺茶站尖。罟山高明牧遣人問候。成字通秀叢叔
瀾天水一碧，輕帆乘艤，大有江南風景。又二十里，午正宿楊林驛
公館仍集寓所，日詣巡補先進城，通元即告知初一日擇巳刻
吉時進公館
廿九日，晴。卯刻行，廿六十里，宿板橋。巳刻昆明令彭蔚華寂綜遣人問
候。諸揆善弁以帖來，接吾府老四人，以帖來

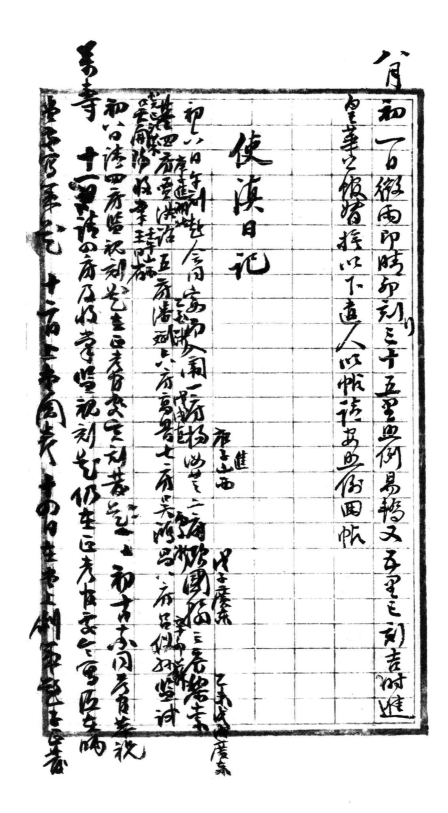

八月

初一日 微雨 卯時卯刻三十五分 無例 易換文 五分 巳刻 吉時進

皇華之館 錯按以下遣人以帖請 安 無例 回帖

使滇日記

初六日 午刻 赴會同 安 帝入闈 一房 楊 庚子 山西 進 二房 鄭國瑞 甲子 廣東 三房 [illegible] 乙未 戊戌 廣東

[illegible] 四房 [illegible] 洪 [illegible] 五房 潘 [illegible] 六房 高 [illegible] 七房 吳 [illegible] 八房 呂 [illegible] 監試

[illegible] 雨 [illegible] 王 [illegible]

初八日 請四房 監視 刻 竟 其 臣考官 [illegible] 刻 [illegible] 初十日 同考官 [illegible] 視

十一日 請 回 房 [illegible] 視 刻 竟 仍 在 臣考官 [illegible]

[illegible]

[illegible] 十二日 上 [illegible] 十四日 [illegible]

十六日收取千文許生樹第 十七日修書來寫文 修訂臣刻文
十八日調二三場卷 廿日批落卷 廿一日二等榜
廿七日發長案完 廿九日中卷覆試 奉朱諭譯物
九月初四日揭榜 樹撰 揭曉 壹正三十名 晚餞
初七日 揭曉
首場
能行五者於天下 二句 君子之所不可及者 一節 東人[illegible]高
[illegible]中得佳傳注
二場
君子以朋友講習 [illegible] 緣善邦句 吳子使札來聘 [illegible]
雨澤之節也
三場
經學 史學 [illegible] 諸 [illegible]

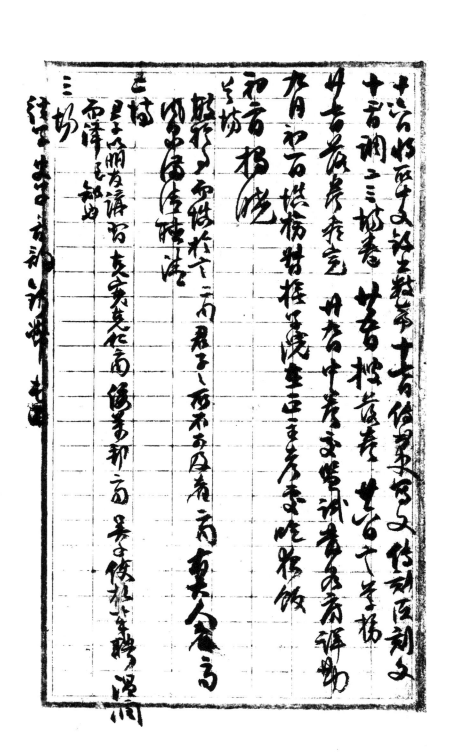

鎖闈偶記

（清）潘曾瑩 撰

鎖闈偶記

道光庚戌三月初六日奉
御筆圈出正總裁卓秉恬副總裁賈楨花沙納孫葆元同考官潘
曾瑩蔣元溥呂佺孫蘇勒布孫銘恩朱蘭何桂芬卓棟金鶴
清鄒璞祖奎福金灃濱贊薩梓曹楙堅陶恩培劉有年袁詠
錫保清午初入闈四總裁來拜隨即答拜並拜監試永桐曹
前輩謝鏡內收掌信恆河□海帆師送火腿四只酒一坛茶
葉一簍鴨二只和遠何彩甫坐猪鼻同飯提調姜梅卿陳玉峰送席
初七日提調送鴨一只雞一只辰正掣籤予掣第一房為新
甫仙石之子出横幅為劉仙石出直幅仙石又代乞市棠為

爲劉仙石書扇面爲松岑師書扇午後至海帆師鶴壽師
松岑師蓮塘前輩處長談鴨涇寺
旨迴避即出闈移蓮塘來談
初八日爲海帆師書扇書橫幅爲鄒九丹書橫幅又書五件
爲海帆師畫扇海帆師邑亭畫蘭爲穀生前輩畫蘭又書畫
爲伍新甫送活魚二尾黄小琳鄒九丹寫照新甫招同黄仙
蘭槎仙石觴畢便飯吴疇送紫菜青鰱
欽命四書題所謂誠其意者毋自欺也泰伯其可謂至德也已矣
三題五十而慕者予於大舜見之矣詩題取人以身得賢字

初九日為松亭師畫梅畫蘭為蘭檢作山水便面海帆師以
秋士京白先生詩顧虞和曹穎生松圃老仙蘭檢新甫蓉康
艮甫便飯
初十日出前幅各件
十一日新甫松圃同翁鼻久丞蓉康便飯五經題吾子以表里
世家宗保民先逢爾有嘉謀嘉猷則入告爾后于內爾乃順
之于外自天降康豐年穰穰晉侯使士匄來聘襄公八年冬
禮皮革筋角皆用箭簳
十二日海帆師鶴步師松亭師刻各房海帆師送吃飯一石

點心一盤 鶉毛送壽〻 舍子堯仙送水梨蘇果以壽〻送堯仙

十三日 監臨慶 鄒文村送菜點 午刻上半閱卷 收廣西寄天津丹笙十六卷存三卷

廿四日閱陝甘廣東雲貴浙南山西四川卷存十五卷共卅存五十七卷 提調送實在策題 經學 史學 小學 水利 倉儲

十五日閱福建河南卷

十六日閱湖北山東卷

十七日閱浙江滿洲漢軍蒙古卷

十八日閱江西卷

十九日閱直隸卷畢補薦頭卷送進鴨[illegible]一條

二十日發下湖南卷一本換切口山東卷一本

廿一日閱二場卷湖南山東各一卷先呈主考

湖南精卷貳

山東均擬薦

興信招同人小酌

廿二日閱二場薦卷畢艮庵招同人便飯

廿三日校改稿頭毛 小琳西卿同所便飯校江西頭場卷一本

廿四日校直隸試場卷一本擬以風蘭楷先心新甫緣早侍

飯閱三場卷蓮塘送點心二盤

廿五日閱三場卷畢擬和居九月久矣蓋翁去後便飯知

貢華送鴨一擔山藥一筐內監試送海參一桶魚一擔提調

送筍尖蘑菇

廿六日海帆師送風雨樓一紙

廿七日點二場卷畢擬雪舟鑑光韻川星耘便飯卷 廣數逢早

廿八日

廿九日點三場卷畢爲蔭杠翁書款生出爲知府幕送點心

二更散。九舟保鍾堂蕭穎川招同人便飯

三十日為王雲卿曹炳燮張芭東出名件。又朱招便飯

四月初一日十年逢呈新甫招便飯。出看幅學數

初二日出看學數。晚同艮甫錫華仙花翼侯小酌

初三日惜學楊錫華仙花招便飯

初四日中卷發齊，校勘共十二名，撥出一名，十一本

初五日校勘中卷錫生及楊招便飯。晚至霞臺出與四偶敘談

初六日校勘中卷畢。至蓮塘雲談。錫生招便飯

初七日校中卷畢。次蓮塘晚同來談至更深去。為松翁畫扇

初八日為蓮塘查府薦卷黃蓮塘與薦卷同交敦掌

初九日辰刻填榜申初畢在蓮塘處便飯戌初填五魁

初十日出闈

二更鄭九丹保艦堂蔭穎川招同人便飯

三十日爲金雲卿曹炳燮張芑東書名件冬生招便飯

四月初一日十年逢呈新甫招便飯出看榜單數

初二日出直單數晚同艮甫綸單仙客等巖小韵

初三日諧芬楊綸單仙客招便飯

初四日中堂發所校卷卅十三名撥出一名十一薦

初五日校卷中卷額中取搞招便飯晚至雅庵坐與四備戲談

初六日校卷中卷畢至蓮垞處談額中招便飯

初七日揣中卷名次蓮垞晚同琴談至更深告別松翁畫扇

初八日吳蓮塘直府薦卷黃道[illegible]與蔣叅同文校掌

初九日辰刻填榜申初畢在蓮塘處便飯戌初填五魁

初十中卅日出闈

癸丑鎖闈日記

（清）潘曾瑩　撰

癸丑鎖闈日記

夏孫桐著

咸豐癸丑年三月初六日禮部奏　派會試正副考官奉
硃筆道徐澤醇爲正考官邵燦潘曾瑩爲副考官録此原刻入闈程調
詠清雲方步穆恬之送席供給一分鑫補翔劉鐙送火腿一鴨一茶葉一拉一簍
初七日拜監試同考收掌房考對讀一房鄂恒二房劉步瀛三房
黃似穀四房盧以綸五房歷文六房陳灝珠七房許興綠八房方
俊九房尹國珍十房巨源十一房王亭淳十二房聶蘭十三房李
照璘十四房吳福年十五房李鄦彬十六房文校十七房張桐十
八房帥遠燡爲方少穆畫扇對聯峰書幅書扇冷年書扇畫扇紙
琴書幅程調送火腿一五酒一壇

初八日石刻號接

館命題目來刻，請臣錢家吳竹岩兩太史書寫刊刻，子臣文去四書歌

子曰聽訟吾猶人也必也使無訟乎　君子義以爲質　直工道　佳貢與宣與附壹青

王必稱堯舜　詩題白薋耕定無似讀得森字　請雨房考兩監試任

飯後年與予爲貞女姻親，程郁來請其爲監試，賈吉製錢對調

爲麒飛錫鄧松書屛，星來陝西川書扇幅

初九日爲文星來覺農兄書扇，擬董兄爲應琴舫書橫幅

初十日爲尹殷儒帥逸齋書扇

十一日請殷儒送扇書寫二場經題　剛健篤實輝光日新其德日

月望後山秋華宛作命寫冀荒大將軍勸撤綿綿瑟彼玉瓚黃流

在中樸庚薩康來頒賞子時衙之子刻發出擬策題五道

十二日請某所岩出進呈二場題

十三日卯刻進呈二場題目摺請

安含經堂刻三場題申刻上覽閱滿洲漢軍福建卷

十四日上覽閱雲南山東蒙古湖北廣東正黃旗光佳呈史學錄

陝甘廣西卷

十五日上覽閱江蘇江西卷提調送鴨一架四蘇藤兩把白菜四

根饒餅簽四安摺

十六日策題進呈并請
安摺上呈閱江蘇江西浙江安徽卷
十七日原訂利叢宗室會試
欽命宗室題四書詩夫志氣之帥也氣體之充也賦得夜已深得深字上也
甲子酉閱安徽直隸吉林奉天雷雨一陣安摺發回
十八日閱直隸湖南河南山西陝甘卷
十九日閱陝甘湖南四川卷閱宗室試卷擬取二名梅穗送呈覽
覆
二十日場房閱補薦卷閱二場卷

廿一日　發宗室殿卷二本交玉呂帶明日進呈閱二場卷偕偉當

送請葛葉以壽圃韭合送偉當叢苑提調送黃魚鴨蛋

并請安摺

廿二日　安摺發回宗室揭曉一名瑞聯二名麟書閱二場卷

夜大風首場文發刻

廿三日閱二場卷

廿四日閱二場卷小雨玉以書送遼元省中額單

廿五日閱二場卷換季點二場薦卷

廿六日閱三場卷

廿七日閱三場卷完十本

廿八日閱三場卷完諸生所寫各字十本批語即留便飯監訂十本

廿九日題三場發卷

三十日十本發交乞口出並恭錄

碑華請安撰東撰照日送題三場發卷畢擬調送覆單

四月初一日十本發四本

碑華廳撰第三名改第一名第一名改第二名第二名改第三名經照

撰撰顧此中卷偏總

初二日中卷發房排樓房名數

初三日

初四日 書扇幅

初五日 小雨 即請中吳出批記

初六日

初七日 檢點藏物書籍

初八日 舊存書交內收掌

初九日 填榜

初十日 卯刻到家

右咸豐癸丑鎖闈日記一卷　曾王父星齋公遺墨謹案是歲正月　公以內閣學士兼禮部侍郎銜派稽察中書科事務二月署工部左侍郎三月充會試副考官旋充朝考閱卷大臣記自三月初六日入闈迄四月初十日到家前後纔逾匝月寥寥雖不盈帙所紀典試制度畧具梗槩足備詞林觀采謹付墨版以光家乘並昭子姓毋忘先澤云爾

庚辰孟夏之月　曾孫承厚承弼謹識

潘曾綬日記

（清）潘曾綬　撰

光緒四年戊寅元旦六十九歲晴拜 佛 竈 喜容
初二日晴冷 五世祖妣汪太安人生忌
初三日晴 曾祖考貢湖公生忌立春風
初四日晴風 關帝廟 華祖祠拈香慧忌生處拜喜神
留飲又訪緝庭康民寉樵得順之信復之
初五日晴龍泉寺 城隍廟拈香赴柳門招得碩卿信
復之
初六日晴同二兒招李侯小帆苐君宴賓飲
初七日陰即晴晚雪
初八日陰即晴剃頭得酉山信復之

初九日風晴

初十日晴　曾祖妣汪太夫人忌得四弟嘉平十二信二姪桂清信

十一日晴赴茀君廣和招

十二日晴康民到館招康民慧生春酒

十三日晴

十四日晴訪橘農惜凡赴拙安招

十五日晴

十六日晴風冷亞陶招義勝訪慧生洗足月食

十七日晴

十八日晴收　容得硯農信復之彥士信復之雨水
十九日晴 火神廟 呂祖閣拈香赴蒓客招
二十日晴赴孝達招
二十一日晴剃頭 祈雨
二十二日訪笣仙玉雨赴雪岑廣和招雪
二十三日晴得烟姪信復之香濤招便飯
二十四日晴笣仙来
二十五日陰冷未正晴蘭台来蔭兜 派驗看月官大
臣同靈全長敘慶福毛子祁
二十六日雨晴亞陶来風

二十七日晴訪惜凡同二兄招雪岑少梅翟樵廣和飲風

二十八日晴風

二十九日晴

三十日晴 祈雪雨

二月初一日晴祖蔭 派驗放大臣同董廣麟

初二日晴愛姪孫女留雲

初三日晴到歙館祭 文帝驚蟄

初四日晴訪惜凡赴茀君廣和招

初五日晴慧生故到彼照料招董姪女去照料緝庭邀

在寓中

初六日晴

初七日晴

初八日晴風　祈雨

初九日晴寄四弟信得振甫銀作信答之柳門来

初十日晴李傒招宴賓剃頭洗足

十一日晴得四弟二月初二信

十二日晴訪柳門祝康民太夫人散誕送燭一斤酒十斤桃一百麪六席留飲又赴孝達招　祈雨

十三日晴雨秋来寄四弟信柳門来風冷

十四日晴換骨種羊帽珍珠毛褂黑絨領白袖

十五日晴夜風

十六日晴風赴雪岑廣和招

十七日晴風到汪寓招隺樵菊生柳門義勝居寄濟姪信

十八日晴 春分得禄生信答之 社

十九日晴

二十日晴

二十一日陰又晴同二兄招丽秋湛田葛民笛(味秋)樓雪岑鳳石柳(拙安)門餘慶堂(紹彝)邵汪辭晚沉陰至夜仍不雨 祈雨。

二十二日晴大風

二十三日晴換呢帽棉袍褂去白袖剃頭

二十四日晴　祈雨鐵牌到京庚子團拜安徽館請湛田藹雲
二十五日晴
二十六日晴風沙
二十七日晴得順之二月初十信
二十八日寄順之濟姪信菊生来陰晴錯黄沙
二十九日晴孝達處便飯洗足夜大風
三十日晴大風沙　祈雨
三月初一日晴大風
初二日晴祀　先風
初三日晴　二嫂丑刻病故二兒午初病故六十多年兄弟

一旦分手能不悲傷 清明戌刻兄嫂大斂予初畢
初四日晴陳太孺人生忌風沙得卞裕信復之蔭兒請假
初五日晴風 三曾伯祖五曾卞祖生忌夜雨
初六日 金姨太太忌辰晴
初七日冷陰陰晴錯
初八日晴
初九日晴得桂清信青梅金甘各一坛九甥信復之
初十日晴八姪女来住
十一日陰食黃花魚雨至夜
十二日雨即晴得二姪二月初四信綢綿小蟒袍紗裙料復

之

十三日晴

十四日晴

十五日陰又晴寄寄女信參茸丸四丸正面宝簪以大八件

餑餑口麻冬菜大頭各答送子開吟香送火腿一茶葉二

瓶春糖二合陳皮四瓶半夏四瓶花二匣夜雨

十六日雨晚晴

十七日晴

十八日陰穀雨換李蔭兜銷假并往東陵請　訓　雨竟

日夜

十九日晴
二十日晴陰兒上　東陵收工
二十一日晴夜風
二十二日晴風
二十三日晴
二十四日晴陰兒回寓洗足　祈雨
二十五日晴得秋谷姪二月廿四日信茶四瓶復之黃沙
二十六日晴得濟姪三月十二信月帆信復之
二十七日晴得順之十八日信安叁二十五日信復之
二十八日剃頭晴風

二十九日晴

四月初一日晴夜風

初二日晴

初三日晴為兄嫂題主蔭兒文卿襄題

初四日晴 謝太夫人忌辰為兄嫂礼懺一日風沙持亝

初五日晴兄嫂開弔自二百五斤少奶一百六斤年卅六董姑太六四十八斤八姑太九十八斤奶〻一百姨奶九十八斤午後忽暈倒多時方醒亞陶診視服其方立夏

初六日晴亞陶来兄嫂開弔 祈雨

初七日晴亞陶来

鐵經堂雜著

初八日晴兄嫂出殯法源寺亞陶来
初九日雷雨亞陶来
初十日雨亞陶来得平亝信復之晚有晴意
十一日陰亞陶来晴風得濟之三月廿七信復之
十二日晴冷風亞陶来蘭生送一品菜饅首
十三日晴寄順之信風
十四日陰菊生来午後晴柳門来晚小雨夜雨
十五日雨
十六日晴亞陶来搭涼棚風 祈雨
十七日晴寄濟之信

十八日晴
十九日晴風
二十日晴 文恭公忌辰持齋祖蔭 派驗放大臣同文煜
成林毛昶熙小滿祖蔭 派盤查三庫同禮王楙公
毛燦公齡公瀓貝勒廣壽徐桐松森夜雨
二十一日陰午晴眉伯來送火腿一茶二瓶桂糖楊梅枇杷小菜
二十二日晴糊窗洗足
二十三日晴
二十四日晴
二十五日晴祖蔭兒 派驗看月官同毛靈徐殿崑長

敘寶森小雨
二十六日晴寄濟姪質卿信
二十七日晴剃頭
二十八日陰雷雨冷
二十九日晴又陰雷雨
三十日晴
五月初一日晴
初二日晴
初三日晴陸壽門送火腿一茶二瓶扇二柄蝦子鯗四十方雪
岑送猪首生口一對雞肘子一對南薺稚梨酥合緑粽卅純客送

将酉肘玫瑰餅以角黍将酉雞鴨卵桂木耳送雪岑以将酉肘玫餅送亞陶以酥合蝦豆付送蘊客

初四日晴

初五日晴康民送燭一斤酒十斤糕五十方桃五十个慎生送酒一坛桂面百文家宴董姑太：同坐全中堂送燭五斤酒一坛桃十斤麪十斤杜少奶送桃四斤雞一對玫餅八斤東麪卅卷

初六日晴芾村送燭一斤酒五斤桃五十个麪五斤韓蔭棻棟送席芯種夜雷雹雨

初七日晴李相惜凡来洗足夜雷雹大雨

初八日雨晴陰兒　召見夜大雨
初九日寄玉弟信訪柳門午後晴
初十日雨即晴
十一日晴剃頭風
十二日晴得順之四月廿五信復之
十三日晴夜雨
十四日晴
十五日晴寄順之信得濟姪四月三十五月初六信寄女
信復之雨
十六日陰晴錯雨一陣

十七日雨午晴
十八日晴得安叁端午前二日信復之寄平叁信晚雨一夜
十九日雨怡姪攜眷回南蔭兒調戶右
二十日公請劉芝田沈仲維鄭藻如以期服不到雨晴雷
二十一日晴風子宜来夏至晚雷雹雨仍晴
二十二日晴
二十三日晴夜雷雨熱洗足
二十四日晴祖妣黄太夫人生忌熱剃頭
二十五日晴蔭兒　派管理戶部三庫
二十六日晴雨又晴蔭兒　派閱考御史卷同松森錢寶廉

餞綬堂雜著

張澐卿
二十七日晴慎生来
二十八日晴
二十九日晴夜雨
六月初一日雨午後晴慎生送烟一叻糖百枚扇面二蜜棗一包
初二日雨午後晴得振軒信復之
初三日晴得少荃信答之
初四日晴 祖妣黄太夫人忌辰李相来發燒
初五日晴亞陶来腹瀉痢

初六日晴亞陶来得濟姪五月十九信復之
初七日晴亞陶来
初八日晴亞陶来小暑
初九日晴寄濟姪信小雨晚雷小雨
初十日晴壽門来風亞陶来
十一日晴祖妣黄太夫人忌辰龍泉寺為二兄嫂礼懺焰口
十二日晴安姨太太忌辰剃頭初伏大熱亞陶来
十三日晴譜姪扶柩出京輪船回南寄濟姪信晚雷雹雨
十四日晴晚雷雨仍晴亞陶来
十五日晴寄譜姪濟姪信松生来送火腿白菊雷雹雨

十六日晴壽門来

十七日晴晚雷雨

十八日晴

十九日晴得玉弟六月初一信濟姪信復之

二十日晴蒓客送荷葉包肉十八裹柳門来得譜姪天津信復之

二十一日晴得平缶信（六月十七日）復之得禄生午月三日信復之 祈雨

二十二日晴中伏

二十三日晴 火德星君誕申刻雷雨味姪處和尚以水濾殤

夜雨更大洗足
二十四日　雷祖誕水如來午晴寄玉弟譜姪信大暑
二十五日晴閻樵來
二十六日晴霧剃頭
二十七日晴
二十八日　萬壽雷雨晚又雨夜更大
二十九日子鈞來
三十日雨夜又一陣
七月初一日晴
初二日霧晴得濟姪六月十六信寄女信復之

初三日雨晴午後又雨八姪女来

初四日陸夫人忌辰持齋晴大雨夜又大雨

初五日晴

初六日雷雨晴晚又雷大雨仍晴眉伯来住

初七日晴又大雨寄譜濟二姪信

初八日晴雨一陣

初九日晴又雷雨

初十日大雨剃頭晴立秋蔭兒　派稽查七倉大臣同廣壽

崑岡夜雨達旦

十一日雨寄濟之信譜琴信風晴

十二日晴　慈安皇太后萬壽未伏

十三日晴得譜姪廿九信濟姪廿八信夜雨

十四日祀先晴夜雨

十五日陰晴錯

十六日晴又雨

十七日晴小雨即止

十八日晴壽門来夜雨

十九日晴得濟姪初三、初八信譜姪初七日信復之訪香濤留便飯

二十日晴眉伯回南雨甚大夜又雨　蔭兒派驗放大臣同礼王萬崇公

鐵緩堂雜著

二十一日寄譜姪信雨壽門来辭行夜又雨
二十二日剃頭晚晴子宜姪孫来辭行洗足夜雨
二十三日雨夜地動
二十四日晴　五世祖妣汪太安人忌辰招李𠊎子均慎生
宴賓換藍袍羅胎帽風
二十五日晴風陰兒　派驗看月官大臣同萬崇麟奎錢
德朱智處暑
二十六日晴慎生来
二十七日晴鳳石来小雨
二十八日晴

二十九日晴寄濟姪信請醉棠也芍庭来小雨

八月初一日晴

初二日雷雨

初三日晴

初四日晴午初味姪故雨雷夜又雨

初五日雷雨晴味姪午刻殮寄四弟信得濟姪十七信譜姪十六信

初六日晴

初七日晴安甫来晚譜姪到

初八日晴得濟姪七月十八信平丝信拐杖二支復之

得語樵寄女信復之寄四弟信剃頭

初九日晴午後雷雨得順之七月廿八信復之

初十日晴

十一日晴送蒓客平果松花蝦子鰳魚糖佛手卄陰兔

派　慕陵　隆恩寺暨内務府營房等

處查勘工程夜雨

十二日雨白露蒓客送蒲桃梨燒鴨筍干送雪岑月餅

平果蒲桃桶子雞午晴洗足

十三日晴雪岑送醬雞肘子鴨蛋螃蠏月餅平果

十四日晴香濤送花糕蒲桃梨石榴寄玉弟信

十五日晴送香濤月餅鹽蛋蒲桃梨

十六日雨風晴

十七日晴芍庭来辭行

十八日晴　光禄公生忌

十九日晴夜大雷雹雨

二十日晴水如来

二十一日晴拆涼棚

二十二日晴糊窗得怡姪十二信復之蘭池来雷雨

二十三日晴蘭池送燕窩二匣素沙二匣

二十四日晴蔭兒上西陵

二十五日晴剃頭訪朱用香濤赴慎生招
二十六日小雨
二十七日小雨秋分五世祖考敷九公生忌赴少梅子均餘
慶招晴
二十八日赴李侯餘慶招雨竟日夜
二十九日晴寄濟之姪函信晚又雨至夜
九月初一日五世祖敷九公忌辰晴得四弟八月初九信濟
姪八月初八丑時双生利穀字孟喆号子義貞穀字仲
甡号子起蔭免回京
初二日晴寄玉弟四二姪信 高祖考聞益公生忌社

初三日晴得桂清眉伯信復之
初四日晴　謝太夫人生忌得順之八月十六十九信復之寄
濟姪信蔭兜充　實録館副總裁
初五日晴
初六日晴换暖帽
初七日陰午晴夜小雨
初八日風雨
初九日　汪夫人忌辰雨雪珠
初十日晴
十一日晴

十二日晴

十三日晴 華祖師聖誕寒露

十四日晴得濟姪八月二十廿七信寄女信復之

十五日晴得濟姪八月廿一信洋糖二瓶

十六日晴復濟姪信洗足

十七日晴 招財童子誕辰得玉弟九月朔信

十八日晴寄玉弟信

十九日霧 觀音菩薩誕辰

二十日晴剃頭

二十一日風雨晴

二十二日晴八姪女来
二十三日晴寄順之信年兒至問橋處
二十四日晴味姪柩回南得壽門信火腿十只復之午後陰
二十五日晴　曾祖貢湖公忌辰蘭池来
二十六日雨八姪女来回通州午後晴寄碩卿信
二十七日晴
二十八日晴霜降　六世祖妣羅太宜人忌辰　高祖妣戴
太夫人生忌
二十九日晴　汪太夫人生忌亞陶来
三十日霧祀　先晴

十月初一日霧晴

初二日雨風冷

初三日晴冷風大

初四日晴少梅来子婦請賞菊 換羊皮冠黑絨領珍珠毛褂白袖頭

初五日晴得濟姪九月十四信怡姪十三信復之

初六日晴安甫出京寄濟姪信八姪女来

初七日晴汪夫人生忌

初八日晴子均来剃頭

初九日晴得濟姪廿九日信復之洗足夜風 換江獺皮冠爪仁領黑袖頭

初十日晴 慈禧皇太后萬壽三曾伯祖忌辰風寄四

弟信吃人乳
十一日陰夜雨
十二日晴冷蘭池来
十三日陰立冬慎生来晴大風寄碩卿信交蘭池
十四日晴夜大風
十五日晴風　華祖祠還感冷
十六日晴
十七日雪晴　光禄公忌辰
十八日晴
十九日晴換白風毛褂

二十日晴

二十一日晴大風亞陶来

二十二日晴寄濟之姪信

二十三日晴豊卅来得濟姪怡姪信復之十二日信

二十四日晴康民来得順之十一日信子均来

二十五日晴得復順之信蔭兒派驗看月官大臣同萬徐烏張文徵奎崇勳

二十六日大風晴得玉弟十月朔信復之移住西邻

二十七日晴

二十八日晴小雪

二十九日陰晴子均信来微雪

十一月初一日雪得怡姪廿一日信穿貂褂本色貂帽

初二日晴寄濟姪怡姪信

初三日雪未刻晴晚又雪花

初四日晴午後風藴伯送饅首一盤

初五日晴少梅来辭行得濟姪十七日信眉伯信復之祖蔭

派修東四牌樓工程少梅送杏仁梳十个

初六日晴　六世祖其蔚公忌辰午後陰緝甫来

初七日風冷晴交少梅寄玉弟奶餅一匣

初八日晴李侯来

初九日晴亞陶来剃頭
初十日晴
十一日陰菊生送扁尖一簍未刻晴夜大風
十二日晴
十三日晴亞陶来得安塾振民信復之
十四日晴大雪
十五日大風沙晴廿陰兒　派驗放大臣同禮王宜振張澐
卿
十六日晴
十七日晴小帆来

周
一天和元年甲申作
一大吉
一宋元嘉（文帝）廿年
一宜子孫

十八日陰小帆送酥糖十包羊毫大筆五支夜雪
十九日亞陶来得蓉史信復之晴得濟姪初四初八信復
之
二十日晴陳太孺人忌辰寄二姪信
二十一日晴得碩卿信復之夜大風洗足
二十二日晴冷風夜大風
二十三日晴冷
二十四日晴周鑾詒（蕃生）送硯考沅湘耆舊集磚四
二十五日晴 五曾叔祖忌辰沅湘耆 派驗放大臣同綑貝勒
烏賀

二十六日雪寄四弟信

二十七日陰兒往 西陵查工雪午晴夜大風冷

二十八日晴吃冬至夜飯

二十九日冷 冬至晴夜冷雪

三十日小雪晴亞陶來子均君標來風

十二月初一日晴冷翔雲送詩文集艾二包夜大風冷

初二日晴冷風陰兒回寓

初三日晴風

初四日晴 陸夫人生忌夜風

初五日冷午晴風陰兒復 命得爐青信復之夜大風

初六日晴
初七日晴
初八日晴
初九日晴亞陶来
初十日晴　高祖閒齋公忌辰醴泉来
十一日晴風腹疼亞陶来二次
十二日晴亞陶来徐先生来按摩廿五止
十三日晴亞陶来
十四日晴孫詒經廾工侍未到任以前仍以祖蔭兼署
十五日晴和夜大風

十六日晴風
十七日晴
十八日晴亞陶来
十九日晴和亞陶来
二十日晴亞陶来
二十一日晴 文恭公生忌亞陶来出大恭
二十二日陰午晴亞陶来
二十三日晴亞陶来送竈
二十四日晴風 曾祖妣汪太夫人生忌
二十五日晴

二十六日陰冷敬 神蔭兜 派 經筵講官

二十七日晴

二十八日晴亞陶来

二十九日大雪 汪太夫人忌辰持齋吃年夜飯接 竈

祀先

光緒五年己卯元旦七十歲晴風冷寄順兒玉弟二姪
怡姪信
初二日晴冷 五世祖妣汪太安人生忌董姪女来二子一孫来
復壽門信亞陶来
初三日晴 曾祖考貢湖公生忌
初四日晴寄濟姪倉伯禄生信
初五日晴午後陰
初六日晴
初七日晴午後陰夜雪
初八日雪花晴陰間夜大風

初九日晴亞陶来

初十日晴 曾祖妣汪太夫人忌辰

十一日晴 亞陶来八姪女来住

十二日晴

十三日晴

十四日晴立春得四弟四姪廿三日信

十五日復四弟四姪信寄順兄信午晴

十六日晴亞陶来夜大風

十七日晴風寄濟姪信

十八日晴收 喜容

十九日晴

二十日晴亞陶来問樵来

二十一日晴得順兄嘉平望日信復之風陰冷　召見夜風

二十二日晴亞陶来

二十三日晴陰冷調戸左仍兼署工左

二十四日晴

二十五日晴風石来

二十六日晴剃頭

二十七日晴陰冷升左都御史夜雪一層

二十八日晴陰冷仍署工左

鐵綏堂雜著

二十九日晴雨水亞陶来冷
三十日雪晴
二月初一日晴
初二日晴
初三日晴八姪女回通州
初四日 蔭兒 派吃肉陰寄四弟信雪
初五日晴除二兄期服工部奏派恭送 梓宮 派出潘祖
蔭丈澂得安坐信復之洗足
初六日陰蒓客送饅首廿个慎生送鴨羹一椀夜雨
初七日陰風大至夜不止

初八日大風晴慎生来

初九日晴亞陶来

初十日晴寄濟姪信得四弟嘉平八日信濟姪信復之蔭兒派驗放大臣同怡王徐桐啓秀

十一日晴風

十二日雪花午晴

十三日晴風

十四日晴得十二月廿五日濟姪信月帆寄女信復之驚熱

十五日晴

十六日晴壽衡招十七樂椿園辭之得濟姪二月三日信復之

夜風
十七日晴
十八日晴
十九日晴亞陶来
二十日晴風剃頭
二十一日晴風
二十二日晴寄安丞濟姪九甥信
二十三日晴
二十四日晴社
二十五日晴

二十六日晴

二十七日晴匀梅来風

二十八日晴葆初来送燕窩一斤風

二十九日晴亞陶来得蓴孫信復之寄四弟信春分夜大風

三十日晴風換白袖骨種羊帽珍珠毛褂蔭兒

三月初一日晴風芍庭寄百金復之　泒閱孝廉方正卷

初二日晴午後陰

初三日晴

初四日晴陳太孺人生忌　祈雨

初五日晴三五曾伯叔祖生忌得皓亭碩庭卿信復之

初六日晴黃姨太太忌辰剃頭

初七日晴蔭兒上 東陵

初八日晴洗足寄玉弟信

初九日晴亞陶来李中堂来

初十日晴鳳石来

十一日晴風蔭兒升工部尚書

十二日晴亞陶来換棉袍褂去白袖柳門来風冷寄玉弟信

十三日晴祀 先康民来八姪女来

十四日陰清明醉棠来雨風

十五日陰午後晴夜雨

十六日陰得四弟二月十九信二姪十九廿六信蔭兒回寓夜

發口恙　祈雨
十七日大雪冷得四弟正月十九信二姪二月十一信順之信經一部印一枚安甫信陳皮八瓶醉棠來送火腿二只蜜餞四罈復四弟二姪順之安甫信
十八日雪陰兒復　命　召見緝甫來午晴風冷月色甚好
十九日晴亞陶來
二十日晴陰兒上　陵葹容來
二十一日風晴亞陶來
二十二日晴醉棠到館請柳門來陪飲
二十三日雪即晴得順之三月十日信答之

二十四日晴

二十五日晴亞陶来剃頭洗足

二十六日晴祖蔭蒙 賞加太子少保銜

二十七日晴

二十八日風晴

二十九日晴蔭兒回寓穀雨

閏三月初一日晴晚陰

初二日陰到 關帝廟 華祖廟拈香午晴 升祔太廟禮成

初三日雨換季午晴黃沙夜又雨大風

初四日晴風冷

初五日晴

初六日晴到龍泉寺太清觀拈香寄玉弟信

初七日晴剃頭

初八日 城隍廟拈香訪芝坪晴

初九日晴亞桃來得四弟十九信二姪十九廿四信復之夜風

初十日晴風蔭免 派驗放大臣同文煜董察夜雨

十一日晴晚雨八姪女攜子女來住雷

十二日晴

十三日晴 祈雨

十四日陰仍晴

十五日晴　吕祖閣拈香晚雨

十六日晴立夏自九十九斤少奶一百二十奶八十八姨太八十八

董七十年四十一八姑太一百玉四十七立五十八樹四十五

八姪女回通州

十七日晴晚沈陰夜大風

十八日晴剃頭洗足

十九日晴午後又陰

二十日陰李侯招義勝夜風

二十一日晴

二十二日晴風慎生送鴨羹薄荷糖　祈雨

二十三日晴風

二十四日晴竹岩姪来住西丝得順之信寄女信濟姪又三月初（壽幢簽錢六匣）

八信風得九甥信復之癸酉小門生送菜一桌酒十斤（壽幢腿二）

二十五日晴祖蔭 泒騐放大臣同肅王靈桂張澐卿

二十六日晴貝蔭泰送腿四茶四瓶廣庵来得平丝信書畫扇

二十七日陰午晴風得濟姪十四日信復之

二十八日晴廣菴送腿四茶四瓶曼生對劍俠像傳眉壽圖

一軸十姪送腿二茶二瓶洋糖二瓶糕二匣楂子糖一匣氣墊一得

語樵信壽星一軸復之四弟送竹刻壽星王八仙時大彬壺蓮

心秋盦鍈生畫册濟姪送壽意畫軸香合一對磁漱口盂一（杯）

之豐盈雙少

鈍綬堂雜著

對壹曼一个怡姪送洋玻璃杯十个寄四弟濟姪信搭棚

二十九日晴

三十日晴晚雨

四月初一日晴小滿

初二日晴剃頭雷風沙雨

初三日晴　祈雨菊生来

初四日　謝太夫人忌辰晴胡芸台来申之来晚風沙

初五日風陰午晴

初六日晴晚風沙糊房得偉姪信復之

初七日晴賡安来眉伯送腿二米拉楊梅糭糖青梅四件

初八日晴得四弟廿一日信復之培之送腿一筝二簍蝦米二匣茶四瓶蕉石来得碩卿信来復之

初九日陰仍晴

初十日晴風招廣庵保初亞陶蔚如眉伯十姪午集

十一日晴蕉石送官燕二匣沉香串二串砂仁豆蔻二匣丸藥一包

十二日晴寉樵来八姪女来即回

十三日晴剃頭洗足

十四日晴　祈雨

十五日晴培之来得秋谷姪閏月四日信復之考差祖蔭　派出擬題

十六日晴蔭工兒派閱考差卷同沈中兵堂靈吏董戸崇吏馮刑萬吏
啓刑秀許刑麟戸雨數點
十七日晴忌門芑種覃未諸君招二十安徽館辭之
十八日晴晚有雨意仍不下
十九日晴寄濟姪信
二十日晴　文恭公忌辰得茀君信酥糖一百包
二十一日晴蔭兒派盤查三庫同豫王肅王惠王六額
駙麟宜崑松錢晚雷小雨
二十二日晴得班生少甫信燭二斤憚一復之得二姪初四
信梯雲信復之

之豐盦叢抄

二十三日晴風
二十四日晴 祈雨
二十五日晴送平齋針線四事送廣庵磁壺貢砂二匣丸藥四包砂仁二匣雨數點蔭兒派驗着月官大臣同靈徐桐文煜錢馮崇勳鍾濂
二十六日晴寄順之信得姪孫婦廿三信明日開船復之
二十七日晴剃頭夜風雨
二十八日陰晴錯
二十九日陰涼雨蔭兒調刑部尚書
三十日晴下午雷雨仍晴蔭兒 召見

鈫縵堂雜著

五月初一日晴雲南主考李郁華戊辰黄貞元甲戌貴州秦
鍾簡戊辰涂慶瀾甲戌亞陶送對山水畫壽星朱拓幛
子燭一對十斤麪得玉弟廿一信二姪小松信復之雪岑送南腿蓮
子二斤松花廿八平果脯二斤蜜棗二斤玫餅二十心一送
酒燭十斤波梨定升糕烟壺佩活計一匣
初二日晴十姪送白磁杯二洋麪十二把亞陶送陽春糕粽子以波
梨定升糕送亞陶
初三日夏至晴李侯亞陶来雷雨
初四日晴剃頭雷雹大雨
初五日晴卞平来同兩姪女小素新婦兩姬飲蔭兒陪客

初六日晴蔭兒夫婦為予七十龍泉寺念壽經兩姬人同
去同柳門廣寒金伯芸生窪樵醉堂康民仔姪眉伯
飲癸丑麟夏諸君送席酒
祈雨
初七日晴
初八日晴得濟姪三十信怡姪信復之
初九日雨竟日夜
初十日晴以表袋眼鏡袋丸藥二包梳子二匣贈培之
十一日晴八姪女回通州
十二日晴廣東周瑞清己未黃彝年癸亥丙子廣西李聯芳
辛未潘寶鐄丙子福建文澂費延釐乙丑

鉞緩堂雜著

十三日晴
十四日晴廣庵来晚雷雨
十五日晴寄廣庵順之信
十六日大雨晚雷雨至夜不止
十七日祈雨又雨晴夜雨
十八日晴小暑
十九日小雨亞桃来
二十日晴剃頭
二十一日晴廣菴来訪香濤文昌館庚子團拜請賈孫
世兄小蓮雲階旭人

二十二日晴回川吳景善癸亥許景澄戊辰湖南華金壽甲戌曹鴻勳丙子

甘肅陳寶琛戊辰周開銘乙丑

二十三日晴陰間有凉風

二十四日　祖妣生忌晴夜小雨

二十五日晴雨緝甫來午後大雨雷晚晴

二十六日晴　熱

二十七日晴　初伏夜大雨

二十八日晴　曼生來

二十九日晴亞陶來夜吐瀉亞陶來

六月初一日晴亞陶來

初二日晴亞陶来晚雷雨仍晴

初三日晴亞陶来得濟姪廿四信復之夜熱不能睡

初四日 祖妣黄太夫人忌辰亞陶来雨一夜

初五日雨亞陶来午晴大暑

初六日晴亞陶来得怡姪廿八信復之雷雨仍晴

初七日晴亞陶来

初八日晴亞陶来中伏熱夜半風

初九日晴亞陶来鄧慶麟叅安輿阿受賄一摺 派廣壽潘祖蔭查明具奏不得稍有徇隱

初十日晴亞陶佩窪来得順之五月十五信科名艸王笈

甫題記復之
十一日陰 高祖妣戴太夫人忌辰亞陶来大雨
十二日陰安姨太太忌辰江西汪鳴鑾乙丑 吳樹梅丙子
湖北陸繼煇辛未 趙尔巽甲戌 浙江烏拉喜崇阿丙辰
惲彥彬辛未亞陶来慎生来
十三日晴剃頭得怡姪五月十九信復之
十四日晴
十五日晴夜雷雨
十六日晴又小雨
十七日雨又晴

十八日晴

十九日雨亞陶来晚晴夜晴雨

二十日雨晴

二十一日晴立秋夜雷大雨

二十二日雨江南馮譽驥甲辰許有麟戊辰陝西尹琳基癸亥

陸潤庠甲戌亞陶来訪孝達夜又雨

二十三日雨火德星君誕辰柳門来辭行夜雨洗足

二十四日雨 雷祖誕辰晚晴

二十五日晴得濟姪十七信怡姪十五信復之

二十六日晴剃頭

二十七日晴
二十八日小雨　萬壽節末伏
二十九日晴亞陶来
三十日晴亞陶来
七月初一日陰雨
初二日晴亞陶来
初三日晴
初四日晴陸夫人忌辰
初五日晴
初六日晴剃頭處暑

均嫂得男名
韶穀字季
斯号子渭

初七日晴熱
初八日大雨山東洪鈞戊辰張百熙甲戌山西周晉麒甲戌吳
峋河南曹燁癸亥朱文鏡辛未晴夜大雨
初九日晴亞陶来
初十日晴松生来伯韶卡沅季脩来送鐘一飯單一香串二
匣扇二得少唐信復之
十一日晴游廠得怡姪七月初一日信復之四弟六月廿九信復之
十二日　皇太后萬壽晴
十三日晴
十四日晴祀　先緝甫来

十五日雨竟日夜
十六日譜姪出京寄玉弟怡姪信陰
十七日晴大姪孫婦来
十八日晴寄玉弟怡姪信
十九日晴剃頭亞陶来
二十日晴陰兒　派管理三庫
二十一日晴亞陶来午後雨
二十二日雨即晴白露夜雨
二十三日雨晴又雨旋陰兒　名見
二十四日　五世祖妣汪太安人忌辰

二十五日小雨晴九天出大恭
二十六日陰即晴
二十七日陰
二十八日陰吴少岩来午晴
二十九日晴亞陶来大姪孫婦来辭行寄二四姪信
八月初一日晴亞陶来
初二日陰雨洗足
初三日亞陶来晴
初四日晴風得四弟七月廿五信復之怡姪廿一日信復之
初五日晴剃頭一山来

初六日晴主考徐志般餞
初七日晴陰兒署禮部尚書子芬来社
初八日晴秋分得大姪孫婦信雷
初九日晴亞陶来寄四弟順之大姪孫婦信
初十日晴午後陰
十一日雨少仲来
十二日晴夜雨
十三日雨
十四日雨午晴夜大風
十五日晴得譜姪七月二十九信復之

十六日晴得濟之姪七月廿八信復之招李倓慎生醉棠十姪
申集
十七日晴平翔来剃頭
十八日晴祖考光禄公生忌蘇府接場糊窗
十九日亞陶来晴風
二十日晴同竹姪游廠換戴暖帽夜風
二十一日晴風換棉袍褂
二十二日晴得雪滄七月廿四信呂西村對洗足
二十三日晴復雪滄信
二十四日寒露陰亞陶来

二十五日陰蔭免　派驗放大臣同肅王察王之翰

二十六日雨

二十七日雨　五世祖考敷九公生忌午晴蔭免　派閱宗室覆試卷同靈許

二十八日霧午晴剃頭

二十九日晴得四弟八月十八信十姪十二擧一男名廉穀譜姪十一信復之風

九月初一日晴　五世祖敷九公忌辰風

初二日晴　高祖閒齋公生忌

初三日晴

初四日霧　謝太夫人生忌晴得幼丹信復之

初五日霧晴得順之中秋日信復之蔭兒　派驗放大臣

同怡王靈桂程祖誥

初六日晴夜雨

初七日小雨夜大風雨

初八日晴風得怡姪二十信大姪孫婦信復之

初九日晴汪夫人忌辰風

初十日晴霜降換羊皮冠珍珠毛袍褂黑絨領

十一日晴夜風

十二日晴大風剃頭

十三日晴 華祖師聖誕到廟得初三濟姪信譜姪八月廿八信復之
十四日晴訪橘農仲用赴李侯義勝招
十五日晴揭曉
十六日晴洗足
十七日 招財童子誕辰晴夜大風
十八日晴風三姑太太迷之来
十九日晴
二十日雨
二十一日得譜姪九月初四信復之雨

二十二日霧晴同董姪女三姪女十姪述之子婦年兒飲叶虎

二十三日小雨同董姪女子婦兩姬人飲有五音大鼓蔭兒
派覆試擬題

二十四日陰蔭兒 派閱卷同靈萬景董童松許夜
大風

二十五日風立冬曾祖考貢湖公忌辰晴寄順之信闈墨

二十六日風晴蔭兒 派初一日吃肉剃頭小汀中堂招初二才
盛館辭之換黑袖

二十七日晴

二十八日晴高祖妣戴太夫人生忌 六世祖妣羅太宜人

忌辰

二十九日　汪太夫人生忌晴

三十日晴祀　先風

十月初一日晴

初二日晴少岩来八姪女来住

初三日晴得濟姪九月廿四日信譜姪信復之

初四日晴寄四弟信眉伯自山西来微雪

初五日晴蔭兒　派驗放大臣同礼王長叔松森同三八姪女子順之婦一桌

初六日晴蔭兒五十同醉棠眉伯十姪飲栢照得辛姪信復之

初七日晴汪夫人生忌

豐蠶殘少

戲謾坐雜著

初八日晴亞陶来
初九日晴剃頭換白出風䄽
初十日晴　皇太后萬壽小雪　三曾伯祖忌辰洗足
十一日晴交眉伯寄順之山東闈墨題名八姪女回通州
十二日晴
十三日晴梅伯出京
十四日晴
十五日晴
十六日晴答少珊寄濟姪信得順之初六日信祖蔭　賞紫禁城
内騎馬

十七日晴 光禄公忌辰大風

十八日晴亞陶来

十九日晴冷

二十日晴風竟日

二十一日晴剃頭楊琪光来寄性農信

二十二日陰晴大風至夜

二十三日晴年兒十歲内一席外一席風

二十四日晴亞陶来大雪

二十五日晴訪廉生祖蔭 派磨勘弓刀石之大臣同豫王

恩承

二十六日晴

二十七日晴鳳石来

二十八日晴亞陶来得怡姪十二信復之

二十九日晴得濟姪十七信復之

十一月初一日晴交鄒雋之寄順之信山東西陝西河南新墨題

名少岩来風夜不止

初二日晴

初三日晴

初四日晴

初五日晴陰間蔭兒　派揀選營員之大臣同恩文志麟

殷宜程

初六日　六世祖其蔚公忌辰以磁壺漱盂縉紳朝珠合藥丸四包翠花六件贈十姪晴鳳石送橘餅一匣杏合粉一匣甜笋一罐醬小菜一罐洗足

初七日晴雋之来剃頭

初八日晴

初九日晴吃冬至夜飯

初十日晴冬至

十一日晴京士来

十二日晴

十三日晴壽門来

十四日陰又晴得譜姪廿五信安甫信答之

十五日晴風壽門送磁壺二盞椀二藕粉二匣豆豉二包糖六匣阿膠一匣箋四匣夜大風

十六日晴風月食

十七日晴　阿弥陀佛誕辰

十八日晴風招亞陶雋之子均醉棠康民十姪午集　祈雪

十九日晴得公東信復之得順之廿三日信復之并浙江江西江南新墨

二十日晴游廠陳太孺人忌辰剃頭風

二十一日晴冷風
二十二日晴風
二十三日晴
二十四日晴十姪出京
二十五日晴小寒　五曾末姪忌辰亞陶来
二十六日晴
二十七日晴風壽門来得濟姪初六信眉伯信復之
二十八日晴　祈雪
二十九日晴送壽門針線四事正面宝簪一匣
三十日晴

十二月初一日晴

初二日晴剃頭

初三日晴

初四日樹桂雪陸夫人六十冥誕禮懺焰口到龍泉寺仲蓮

醉堂沐到寄濟姪信

初五日晴

初六日雪未正晴晚又雪

初七日晴

初八日雪四寸竟日夜

初九日雪大寒　祈雪壽門来夜大風

初十日晴冷風　高祖考忌辰壽門虛希来蔭兒　召見

十一日晴冷壽門来得清卿信復之

十二日晴冷洗足　祈雨

十四(三)日晴夜風洗足

十五(四)日晴風

十五日晴冷

十六日晴寄濟姪信蔭兒　派驗放大臣同豫王靈錢

十七日晴

十八日雪晴香濤處小飲少岩送桂元二匣蓮子一匣棗一匣茶六瓶一匣日晷一分筆八枝墨二挺

十九日大雪封印
二十日大雪竟日夜
二十一日 文恭公生忌晴剃頭
二十二日晴敬 神得匀梅信復之得四弟濟姪嘉平二日信眉
伯信復之
二十三日雪得爐青雲峯信復之送竈
二十四日立春大雪 曾祖妣汪太夫人生忌晴夜又雪
二十五日雪得烟杉姪銀
二十六日晴得青士信復之
二十七日晴

二十八日晴洗足

二十九日晴風　汪太夫人忌辰接　竈暖　容吃年夜飯

庚辰元旦七十一歲晴拜 佛 竈 喜容

初二日 五世祖妣汪太安人生忌內閣後輩招文昌館辭之雪陰兜 派吃肉

初三日晴 曾祖考貢湖公生忌

初四日晴

初五日雪 關帝廟拈香晚晴

初六日晴招醉棠慎生鳳石飲

初七日陰冷

初八日晴訪勉甫赴慎生招

初九日陰夜小雪

初十日晴 曾祖妣汪太夫人忌辰 雨水

十一日晴風

十二日晴風

十三日晴

十四日晴

十五日陰雪

十六日陰午晴祖蔭 名廷臣宴

十七日雪

十八日晴雪收 喜容

十九日晴

二十日晴得順之嘉平廿一日信復之八姪女樹官来住

二十一日晴

二十二日晴

二十三日晴剃頭三姑太〻来亞陶来

二十四日晴得辛姪信復之

二十五日晴驚蟄

二十六日晴陰間

二十七日雪雨竟日

二十八日霧晴亞桃来

二十九日晴

三十日晴八姪女回通州得濟姪竹姪十二信復之
二月初一日晴祖蔭　派吃肉
初二日晴
初三日晴　文昌帝君誕
初四日晴洗足
初五日晴亞桃来得十二兩姪十二月廿三信寄女眉伯信復之
初六日晴
初七日晴亞桃来風
初八日陰雪以魚麪將𦤶佛手貽蒓客
初九日晴小汀招十七才盛館餞之風换白袖珎珠毛袍褂

初十日晴蒓客以越青魚筍肉饅首見贈春分社亞桃来祖蔭派驗放大臣同惇王奎潤王之翰

十一日陰醉棠送糖豆付熙年姪孫来得順之正月十九信復之子静来熙年送蓮心二匣火腿二肘夜風

十二日晴陰間夜風九緣来

十三日晴亞桃来吴庭来剃頭蔚若来得碩卿信濟之廿六信復之得振民信復之寄順之信子芬来得振軒信復之壽卿竹孫亦仙思九来

十四日晴蔚若送腿二茶四瓶祖蔭派考漢蔭生擬題

十五日晴

十六日晴亞桃来又陰詠春石君来風

十七日晴

十八日陰熙年来

十九日陰佩霍昆仲来得順之正月廿二廿六信復之午後晴

夜雨

二十日晴大風黄沙平如来桂官来石蕣来祖蔭　派驗放大臣

同肅王長敘王之翰

二十一日晴風亞陶来平如送糖一匣腿一只石蕣兄弟送腿一茶二瓶

二十二日晴大少奶奶来得玉弟初十信濟之十二信復之風

二十三日晴鼎甫尹甫来寄濟姪信質卿送桂糖二包葯梅一包

藕粉一包合桂一坛腿一只
二十四日晴祀　先亞桃来季梧姪来送腿一茶二瓶换呢帽白
袖棉袍褂質卿来
二十五日晴鼎甫尹甫送腿二茶二瓶蜜餞二瓶青豆一包苐君来
送腿一茶四瓶清明
二十六日陰即晴剃頭苐卿来
二十七日晴苐卿送腿一茶二瓶
二十八日晴　華祖師廟還愿訪鼎甫尹甫
二十九日晴龍泉寺上清觀拈香午後陰夜雨
三月初一日晴大風京士送蜜果二合花糖二合竹根烟碟夜風更

大

初二日大風晴

初三日晴風蔚若来

初四日晴陳太孺人生忌李梧来三姪女来

初五日晴三五曾叔伯祖生忌三姪女老祥来桂姑娘昭官来桂姑娘送笋尖四簍薑聚宝盆一个油二桶花二朶送官兒洋糖二瓶點心一匣甘蔗一捆

初六日黃姨太太忌辰雨寄四弟譜姪信夜雨

初七日雨陰兒兼署工尚晚晴

初八日霧晴

初九日晴誼卿来得平亝廣菴信復之誼卿送腿一茶二瓶風

初十日晴荊頭蔚若来得濟姪三月初一日信復之訪尹甫夜大風

十一日風陰午後晴尗裕送線縐馬褂料厚朴一枝磚茶六合蜜棗二簍附子二包草解一匣試牘蜀秀集

十二日晴穀雨

十三日晴

十四日晴招雪岑丈卿尗裕蔚若誼卿午集洗足

十五日晴小雨

十六日晴 城隍廟拈香
十七日晴 呂祖閣 火神廟拈香子靜来平如来夜雨
十八日陰晴錯亞陶来搭涼棚又山来雪滄来蔭之熙年来得
怡姪初八信復之
十九日晴風穎芝送東洋蝦尾一斤蝦鮝四包得壽門信復也
二十日晴寄濟之信廖紫垣炳樞送梨糕蜜棗桂元笋尖
風
二十一日晴風
二十二日晴答雪滄法源寺看牡丹風質卿来
二十三日晴剃頭皓庭来

二十四日晴靜涵来昔凡来午後風雷小雨
二十五日晴芾君来得濟姪十五信復之
二十六日陰晚晴芾卿来
二十七日晴訪霍樵雪滄招李侯香濤雪滄法源寺看牡丹素
垒立夏自一百七斤少奶一百廿二千奶八十七斤二奶九十一斤
年四十六斤董六十六斤風換季
二十八日晴京士来
二十九日晴冷亞陶醴泉来得濟竹二姪二月十七十八信復之
三十日晴夜雷雹雨
四月初一日晴亞陶来

初二日晴

初三日雨招芾君昔凡尹甫醉堂鼎甫蔭之紋卿平如午集亞陶来晴

初四日晴　謁太夫人忌辰季梧来夙

初五日晴風祖蔭往　西陵請　訓祖蔭　派覆勘試卷

同全童宜　郎寶森桂昂王之翰吴廷芬

初六日晴蔭兒上　陵招貺卿子京三秦季梧子静熙年午集亞陶来

初七日晴曼生来

初八日晴亞陶来剃頭

初九日晴
初十日晴晚雷電雨洗足
十一日陰晴錯蔭兒回京風亞陶来
十二日晴大風眉伯来送火腿胰子桂糖菂梅手巾菜花頭
得桂清信賓餞二匣乾菜一簍譜姪信醉堂報到一百
三十六名糊窗
十三日晴寄濟姪譜姪寄女信以冬菜佛手各答鹿肋萆
蘚送尹甫鼎甫以冬菜佛手各答廣扇廖屛送季
曼生印東塾讀書記
梧以眼鏡袋筆袋冬菜佛手各答送質卿以漆硯
鑑綱詠畧送其令郎送熙年果子狸冬菜佛手个答

廖對小滿

十四日晴風雷小雨季穚来祖蔭復 命 祈雨

十五日晴清卿送火腿二只茶二瓶蕉扇一枋汴綫一包

熙年来得順之初一信復之

十六日晴子静八姪女来祖蔭 派出覆試擬題鳳沙

十七日晴亞陶来尹甫鼎甫来問橋来

十八日雷雨晴亞陶来晚又雷雨

十九日晴亞陶来祖蔭 派閲散館卷同徐桐童華邵亨豫錫

珍松森孫詒經許應騤

二十日陰 文恭公忌辰小雨

二十一日小雨問樵送席即送緝庭午後大雨
二十二日陰
二十三日晴　祈雨剃頭芾卿来
二十四日晴年兒留頂交平如寄玉弟怡姪信彭七送桃麪蓮心大
腿董太〻送桃麪八姑太〻送桃麪雞肉五姨奶〻送桃糕仲蓮
送燭酒桃糕
二十五日晴
二十六日晴
二十七日晴得怡姪十八日信復之
二十八日晴芝種以火腿核桃蘇送八姪女以蓮心蜜餞送

問樵八姪女樹官回通州小雨

二十九日晴

三十日晴曼生来亞陶送小雞一對壽桃廿餅

五月初一日晴熱風寄順之信

初二日晴文昌館庚子同年團拜怕熱未去平如来　祈雨

初三日晴交普凡寄玉弟信以角黍玫瑰餅桂元肘子送雪岑以火腿山東饅首送蒓客雪岑送桶雞一對玫餅八斤波梨廿八个茶二瓶松花廿六个角黍二十个以雞餅松花綠粽送慎生

初四日晴剃頭孝達送挂麪角黍桶雞杏子蒓客送松

花燒鴨得濟姪四月廿六信
初五日晴同醉堂二子飲熱慎生送鴨羹包子燻魚山葯糕
初六日雨彭七送燭酒腿麪陸姑奶奶送燭五斤酒十斤桃一百
麪十斤蘭生送燭酒桃麪小汀送燭一對酒一坛桃百个麪十斤
曼生送憚酒一坛燭五斤桃一百麪十斤仲蓮送燭二斤酒
十斤桃一百麪十斤未刻晴康民送燭一斤酒一坛麪八斤糕五
十塊杜庭璞送燭四斤酒十斤桃一百麪十斤
初七日大雷雨申正晴
初八日晴得順之四月廿八信玉弟四月三十信復之九廿之來
初九日雨酉刻晴

初十日晴未正大雷雨芾卿来祖蔭　派驗放大臣同怡王奎
潤王之翰
十一日晴晚雷雨仍晴
十二日晴
十三日陰訪雀樵雨六希来
十四日陰夏至晚晴震卿来
十五日晴雷雨月食
十六日雷雨剃頭洗足
十七日晴
十八日晴

十九日大雷雨夜又雨

二十日寄濟姪信晴祖蔭 派驗放大臣同禮豐王桂全許應騤

二十一日陰得譜姪初六信濟姪初七信範卿送腿一茶二瓶天花粉一合葛粉一合

二十二日晴祀竈

二十三日晴

二十四日晴 祖妣黃太夫人生忌亞陶来範卿来得濟姪五月十四信竹姪四月十五信復之夜雷電雨

二十五日雨晴未正又雷雨

二十六日陰未刻又雨即晴

二十七日晴亞陶来

二十八日陰交醉堂寄譜姪信小雨

二十九日陰晚晴

六月初一日雨風孔賡鐘曾雲章張是彝龐鴻書楊宗伊王頌蔚鄭言紹朱兆鴻招初四燕喜堂餞之芾卿来得怡姪五月十九信夜又雨小暑

初二日雨夜又雨得四弟五月十九濟姪廿五信

初三日雨寄四弟濟姪怡姪信夜雨

初四日晴　祖妣黄太夫人忌辰醉堂諸君送酒一坛席一桌

初五日晴

初六日晴剃頭　祈晴晚雷雨仍晴
初七日雷大雨午晴
初八日晴
初九日晴申初大雨仍晴
初十日陰雨夜又雨
十一日晴　高祖妣戴太夫人忌辰夜雷雨
十二日晴安姨太太忌辰訪孝達岱齡
十三日晴
十四日晴初伏洗足
十五日晴祖蔭　派驗放大臣同肅王阿昌阿朱智

之豐蠶變少

錢綬堂雜著

十六日晴芾君来大暑

十七日晴雷電

十八日晴得濟姪五月十五信油紙包復之考優貢祖蔭

派擬題

十九日晴亞陶来

二十日晴送醉棠眼鏡袋四喜袋廣梳二匣益母膏十罐

扇一柄普洱茶餅六元午刻雷大雨剃頭菊生送火腿安息

香小吃二匣二礶晚晴

二十一日晴祖蔭　派二十六五二十七六　寧壽宮聽戲

二十二日小雨又雷大雨晚晴

二十三日 火神聖誕晴晚雷雨幾點

二十四日晴 雷神聖誕中伏夜雷電雨

二十五日陰晴得濟姪六月十六日信復之

二十六日晴 萬壽宫壽銘札恭來權館招壽銘醉堂誼卿芾卿午集醉棠移住康民寓

二十七日晴熱

二十八日晴熱醉棠來範卿來眉伯來住左瑞芝之來夜雨

二十九日陰午刻雨晚又雷雨

三十日晴眉伯送塔糖一坐鹽一瓶寄四弟信

七月初一日晴培之送香一包桂元蓮子各一匣

初二日晴立秋得順之七(六)月朔信復之

初三日晴陰芝來

初四日末伏晴陸夫人忌辰持緜芾卿來辭行

初五日晴剃頭醉棠來辭行六爻寄濟姪信

初六日晴得九甥六月廿八信諸姪濟姪秦姪孫信復之

初七日小雨子婦送五音大鼓晚涼

初八日晴風眉伯出京

初九日晴

初十日晴壽平來得十姪信復之

十一日晴

十二日晴　東太后萬壽交椿記寄濟姪信小雨夜雷雨

十三日晴範卿送紅鴨荷葉餅即送蒓客

十四日晴祀先

十五日晴壽門来蔭兒　派驗放大臣同全中堂朱智成章

十六日晴京士来壽門送橘餅四包阿膠二匣梨膏六匣牋六匣水

十七日晴範卿来　注一茶壺一烟壺一

十八日晴處暑壽門来送火腿二夏布二匹玫瑰醬四法藍絨剃頭換羅胎帽藍袍得復濟姪七月初六信扁尖二簍紅眉二簍

十九日晴嘯篋来風沙雷雨仍晴

二十日晴復濟姪信得譜姪七夕前一日信海蟄玫瑰糖

復之偉如姪子静姪孫来
二十一日晴吳晚滄来
二十二日晴菊生来
二十三日晴敬之来洗足
二十四日晴五世祖妣汪太安人忌辰夜雨得平丞七月十日信
二十五日小雨寄濟姪平丞醉堂信晴敬之来得濟姪七
月十六信怡姪十五信
二十六日晴偉姪子静姪孫住大廳東廂房寄怡濟二姪信
偉如送火腿四个燕菜二匣普茶二包松花二桶米二口袋
二十七日小雨晴寄怡姪信晚又雨

二十八日晴 亞陶来

二十九日晴 鳳墀来 芾村夫人送木耳一匣 香四匣

三十日晴 寄濟姪 怡姪信 壽門来

八月初一日晴 岱齡送燕窩二匣 石耳四匣 火腿二个 松花

二簍 以阿膠二匣 餑餑二匣送岱齡祖蔭 派驗放

大臣同禮王奎薛

初二日陰晴間 以木耳松花梨膏金橘餅送蓺容壽

門来 剃頭 夜風大雷電雨

初三日祀竈 白露 雨晴 以神仙鴨饅首石耳松花送

孝達硯生来

初四日晴

初五日晴汴生来

初六日晴交蔚若寄譜濟二姪信石耳梨膏各二匣

初七日晴以平果自来紅送亞陶夜雨

初八日雨得濟姪七月廿九信

初九日晴復濟姪信風蒓客送燒鴨月餅秋梨饅首以

燒鴨月餅饅頭蒲桃送雪岑蔭之来

初十日晴蔭兜　派驗放大臣同靈王鍾香溪来

十一日晴以小猪月餅饅首梨送慎生

十二日陰雪岑送火腿一只月餅六匣桶雞一對松花卅个梨廿二

枚桃十六枚以月餅六匣松花廿个送亞姪剃頭

十三日晴同偉姪蔭兒年兒子靜姪孫亦吾廬小叙

十四日陰香濤送月餅蒲桃梨蟹 雨偉姪又送席一桌

十五日雨偉姪招楠木廳同兩兒午集慎生送燒鴨大月餅瓜蟹

十六日陰得順之初一信復之雨得濟之初八信寄女眉伯七月廿三信譜姪信復之

十七日晴陰之来夜風

十八日晴 祖考光禄公生忌風交蔭之寄濟姪信 召見軍機惇醇王六部尚書都察院御史廣廷張之洞

十九日晴秋分
二十日晴亞陶來曼生來
二十一日晴
二十二日晴偉姪奉 旨准其回籍洗足
二十三日送偉姪法蘭絨烟壺杏仁麻菇密糕大八件冬菜
佛手各荅子靜烟壺一个晴蔭兒坐中小叙社
二十四日晴偉如子靜出京八姪女回通州祀竈寄順之芾村
甥婦信得四弟濟姪八月十四竹姪初一信復之
二十五日晴蔭兒 派驗放大臣同惇王桂昂祁世長
二十六日晴換季糊窗

二十七日晴　五世祖考敷九公生忌

二十八日晴剃頭拆蓬

二十九日晴風範卿来

九月初一日晴得偉姪廿八津門信復之　五世祖考敷九公忌辰風亞陶来

初二日晴　高祖考開亝公生忌

初三日晴

初四日晴　謝太夫人生忌王藍岑来

初五日晴寒露風得譜姪八月初七廿六信濟姪廿八信復之

初六日晴　名見悼三主蔡醇潘祖蔭八翁同龢

鐵經堂雜著

初七日雨即晴訪仲連範卿来得芾卿信復之

初八日晴換毡冠絨領棉袍褂

初九日晴汪夫人忌辰

初十日晴訪心叁小珊

十一日晴

十二日晴晚風

十三日晴　華祖師聖誕剃頭

十四日晴

十五日晴

十六日晴訪拙安得醉堂初九信八姪女来住

十七日晴　招財童子聖誕杜晚徵来
十八日晴得益甫信復之夜大風
十九日晴風曼生来
二十日晴霜降
二十一日晴午刻大風得濟姪十二信譜姪信梅伯信
二十二日晴復濟姪譜姪梅伯醉堂信洗足
二十三日晴子婦五十同壽名苐君範卿父子彥和年兒
一桌換黑絨領珍珠毛褂白袖
二十四日晴
二十五日晴　曾祖考貢湖公忌辰苐君来

二十六日晴亞陶来笙尗来夜風
二十七日晴風冷
二十八日晴 六世祖妣羅太宜人忌辰 高祖妣戴太夫人
生辰端祖来
二十九日晴 汪太夫人生忌夜大風
三十日晴大風祀 先剃頭夜大風換小貂帽黑袖灰鼠袍褂
十月初一日晴風祖蔭 賞吃肉
初二日晴寄順之信下午風
初三日晴訪笙尗午風
初四日晴風

初五日晴風立冬笙尗来

初六日晴得濟姪九月廿八信譜姪九月十四十七信竹姪九月十八信晚嘔吐不適

初七日晴　汪夫人生忌復濟姪信七政經緯譜竹二姪信笙尗來八姪女回通州

初八日晴笙尗来

初九日晴換白風毛袍褂寄濟姪信

初十日晴　三曾伯祖忌辰　西太后萬壽

十一日晴剃頭

十二日晴

十三日晴
十四日陰晴間小雨又晴訪槐廬寉樵
十五日晴考漢蔭生祖蔭　泳擬題夜風
十六日晴風
十七日晴　祖考忌辰菊生来
十八日晴風莼客招飲辭之
十九日晴答子興歡伯寄遯志堂集求古無集子和詩集
二十日晴風六溪来復濟姪十二信復之并寄醉堂信小雪
二十一日晴得順之九月廿九信西泠酬唱二本復之雲台来得
平孫二十月初八日信石畫三紙寄女信糖一匣濟姪九月

廿一信茶葉四簍復之
二十二日晴曼生来午後陰得濟姪十月十一信大風夜更大
二十三日晴大風
二十四日晴風芸台送多陳盤十件内茶四蔞子鰲二匣被面二床
處州府志月洞詩集滑疑集草木子崇福寺記
二十五日晴
二十六日晴訪小蘧六溪
二十七日晴剃頭寄濟姪怡姪信子與来
二十八日晴以曼生壺楷木帽架廣東合書三函送芸台
二十九日晴

十一月初一日陰即晴陰免 派驗放大臣同澂貝勒靈桂許應騤範卿八姑太太来換（本色）貂帽貂褂

初二日晴

初三日晴洗足

初四日晴八姑太太回通州

初五日晴夜風

初六日晴 六世祖其蔚公忌辰 大雪風

初七日晴 祈雪

初八日晴寄四弟二姪信

初九日晴亞陶来

初十日晴陰兒 派驗放大臣同禮王〻祁敬信八姪女兩

小姐来住

十一日晴範甥来

十二日晴公請芸台在會館夜風

十三日晴

十四日晴得濟姪十月廿七信譜姪十九信眉伯十九信復之

十五日晴月食

十六日晴 祈雪剃頭八姑太〻請

十七日晴見卿来

十八日晴

十九日晴午後風祀 祖先同兒媳年兒兩姬吃冬至夜飯

二十日晴冬至陳太孺人忌辰風望洲来

二十一日晴風

二十二日晴得濟姪十一月七日信眉伯信復之

二十三日晴亞陶来

二十四日晴風問樵来 祈雪

二十五日晴 五曾尗祖忌辰風夜更大冷三姑太太来

二十六日晴風冷剃頭

二十七日晴八姪女第三女招贅楊藝芳子

二十八日晴

二十九日晴

十二月初一日晴寄濟姪眉伯信風

初二日晴

初三日晴

初四日晴　陸夫人生忌　祈雪子與来

初五日晴祖蔭　派驗放大臣同豫王桂全許應騤

初六日晴風夜更大

初七日晴風

初八日晴曼生来得濟姪十一月十八信平齋壽門信復之

初九日晴風

初十日晴　高祖開〻公忌辰大風

十一日晴冷

十二日晴冷　祈雪風

十三日晴剃頭洗足

十四日晴

十五日晴收到濟姪寄橙糕粽糖各一匣寄濟姪信

十六日晴祖蔭　派驗放大臣同怡王銓林夏家鎬掃房

十七日晴

十八日晴晚雪

十九日大風得爐青信復之未刻晴

二十日晴得濟姪十月二十信復之

二十一日 文恭公生忌大寒陰晴間

二十二日晴 三壇 祈雪亞陶來得展雲信復之

二十三日晴送 竈

二十四日晴 曾祖妣汪太夫人生忌大風範卿送羊肉年糕元宝野雞子鱅（棗栗以）野雞羊肉糕元宝送香濤

二十五日晴蒓客送鴨子年糕平果黃糕以鴨子年糕子鲞黃糕送雪岑八姑太太送平果十二將雞一對大少奶送年糕百合平果黃果

二十六日晴

二十七日晴香濤送平果年糕黃果野雞以年糕雙魚野雞
春卷答範卿以子鱭大饅首糕等答蒓客
二十八日風敬 神剃頭午刻雪慎生送春卷野鴨海參魚鬆
雪岑送火腿桶雞二南糖十匣松花卌糕十二蓮子二斤
二十九日晴 汪太夫人忌辰洗足夜風
三十日晴風得偉姪十月初一日信復之接 竈祀 先看〔吃〕年夜飯

光緒七年辛巳

正月元旦七十二歲晴拜聖人 佛龕 喜容 關帝廟拈香

初二日晴華祖廟拈香內閣團拜公請辭之範卿来

初三日晴曾祖考貢湖公生辰得廣安信復之祖蔭充 國史館正總裁

初四日晴得順之嘉平四日信

初五日立春晴

初六日晴冷招壽銘六希康民彥和蔭北玉臣小集大風

初七日晴得玉弟嘉平十日信濟竹二姪信

初八日晴寄玉弟兩姪信祖蔭 派十六日廷臣宴曼生来

初九日晴敬之如来口恙發

初十日晴　曾祖妣汪太夫人忌辰亞陶来洗足

十一日晴大風黄沙洗足

十二日晴亞陶来風洗足

十三日晴亞陶来蔭北伉儷出京

十四日晴

十五日陰即晴安徽團拜公請辭之午後風

十六日晴祖蔭　派廷臣宴風亞陶来

十七日晴大風

十八日晴冷收　喜容

十九日晴冷寄濟姪信

二十日晴雨水剃頭

二十一日陰晴間　祈雪

二十二日卯刻雪晴得濟姪十二月廿三信譜姪熙年眉伯信復之

二十三日晴亞陶来

二十四日陰範卿来

二十五日陰大風問樵来午晴

二十六日晴劉拙庵来

二十七日晴

二十八日晴

二十九日雪寄四弟信百果鹿膠一匣

鐵綬堂雜著

二月初一日晴祖蔭 派吃肉八姪女回通州子興来
初二日晴風丁未香溪諸君招才盛館餞之
初三日晴冷 祈雨
初四日晴
初五日陰晴間 城隍廟拈香李高中堂来
初六日陰驚蟄
初七日晴剃頭
初八日晴龍泉寺太上清觀拈香曼生散之如来夜雪
初九日晴庚子藕舲諸君招初十文昌館餞之
初十日晴 呂祖祠火神廟拈香訪六希祖蔭 派驗放大臣

同肅王崇梅洗足

十一日晴得文卿信復之

十二日晴　祈雪（雨）夜大風

十三日晴風寄四弟濟姪醉堂信

十四日晴風

十五日晴

十六日晴風

十七日晴

十八日晴得濟之姪正月廿五信復之三姪女述之夫婦來

十九日晴剃頭

二十日晴
二十一日晴春分
二十二日晴　祈雨
二十三日晴風
二十四日晴孝達招早飯
二十五日晴得濟姪二月十四信怡姪月帆信復之
二十六日晴茀君来
二十七日晴換羊皮冠珠毛褂白袖頭
二十八日晴晚風
二十九日晴

三十日晴亞陶来蔭兒　派閱卷同景錢夜大風〔孝廉方正〕

三月初一日晴得瀬姪二月廿三偉姪二月十八信復之

初二日晴　祈雨

初三日晴祀　先風範卿来

初四日晴陳太孺人生忌換毡冠絨領棉袍褂晚風

初五日陰又晴三五曾伯祖生忌夜雨

初六日清明雨金姨太太忌辰巳正晴晚風

初七日風晴寄順之信

初八日晴風夜更大　山西范老来

初九日晴大風艹范老来洗足

…之豐盬髮少

錢綬堂雜箸

初十日晴范老来得濟姪初二信譜姪信復之祖蔭 派驗

放大臣同肅王恩麟程祖誥戌刻 東太后仙馭升遐

十一日陰聞醉堂四月中可到京亞陶来晴大風剃頭

十二日晴風亞桃范老来

十三日晴 祈雨風

十四日晴寄玉弟信

十五日晴得順之二月廿八信復之

十六日晴範卿来搭涼棚晚陰夜雷雨

十七日亞陶老范来晴風

十八日晴

十九日晴

二十日晴得濟姪二月十八十九信寄女眉伯信復之

二十一日雨得濟姪三月十三信晚晴

二十二日大風復濟姪信晴穀雨

二十三日晴得益甫醉堂信

二十四日晴復益甫醉堂信夜風洗足

二十五日晴亞陶来夜風

二十六日晴少荃来風換季夜小雨

二十七日陰晴錯

二十八日陰午晴

二十九日晴夜雨四指

四月初一日雨以烟壺一萬絲帽二銀八兩送壽銘

初二日雨夜更大

初三日雨

初四日晴 謝太夫人忌辰吃齋

初五日晴得濟姪三月廿五信復之

初六日雨亞閣来晴壽銘辭行移培之寓

初七日陰晴間

初八日立夏晴自一百七年六十二少奶一百十姨太九十五董太六

十五五 姨一百九昭廿五

初九日雨午晴

初十日晴午刻雨未正晴申刻又大雨雷大風

十一日晴大風

十二日晴風

十三日晴風亞陶来

十四日晴亞陶来

十五日晴亞陶来得濟姪初七信孔生信復之小雨

十六日晴亞陶来寄玉弟濟姪信得捷峯信復之

十七日晴

十八日晴亞陶来

[illegible]

十九日晴範卿来

二十日晴 文恭公忌辰持齋

二十一日晴風沙

二十二日晴糊窗得順之四月三日信壽民十七信復之

二十三日晴

二十四日雨得四弟濟婿十六信復之晚晴小滿

二十五日晴風散如來蔭兒 派驗放大臣同怡王耀年梅啓照

二十六日晴風

二十七日晴

二十八日晴子芬来得振軒信復之

二十九日晴洗足

三十日晴玉函伯淵来

五月初一日晴曼生来晚雨日食

初二日晴範卿送魚翅角黍塩蛋餑〻以肘子餑〻角黍波黃果白蘇定汁糕
糖饅首
利送蒓客以魚翅餑〻波梨角黍送雪岑以肘子二
松花角黍火腿送範卿以玫瑰餅大饅首角黍鴨蛋送
亞陶

初三日晴蒓客送燒鴨端午餅以燒鴨午餅茡薺壽桃
送孝達雪岑送緑粽廿个南腿一只蝦子一盤松花廿八鮮
鯗二尾玫餅卅二以鮮鯗粽子醬豆付饅首送慎生

初四日晴得濟姪二十八信譜姪信復之孝達送粽子游魚
蝦松蛋糕
初五日雨慎生送醺魚鴨子波梨玫餅午晴仝中堂送燭十斤
酒一坛麪五斤桃一百風
初六日晴蘭生送鴨蝦元黄糕饅首陸之龢送燭麪燒鴨糟
魚仲田送燭十斤酒十斤桃一百麪十斤彭七送燭二斤酒一坛
初七日晴晚雷雹雨
初八日晴
初九日晴芝種
初十日陰晴間

十一日晴風夜雷雨
十二日陰未刻雨又晴夜又雷雨
十三日晴
十四日雨子元来風
十五日晴得醉堂四月廿六信
十六日晴晚雨夜又雨
十七日雨晚晴
十八日晴子元送檳榔扇茶二瓶火腿一肘竹枝詞四本得濟姪初七信竹姪信復之
十九日晴

二十日晴晚雷電

二十一日晴大少奶奶来辭行寄玉弟信夜雷雨

二十二日晴陰兒上房小飲賞百合花

二十三日晴晚雨夜又雷雨

二十四日　祖妣黄太夫人生辰晴風

二十五日晴範卿来夏至

二十六日晴洗足得玉弟十七信濟姪信復之子與来得玉谿

十二日信復之

二十七日晴晚雷雨風

二十八日晴夜雨雷

二十九日寄濟姪信雨午晴又雷霆雨夜涼

六月初一日晴崔樵來蔭兒 派驗放大臣同棍公恩麟祁世長

初二日晴亞陶來

初三日晴

初四日晴 祖妣黃太夫人忌辰夜雨

初五日晴晚雨一陣

初六日晴

初七日晴游山來

初八日晴得淡如信復之

初九日晴

初十日晴風祖蔭　派驗放大臣同穆騰阿梅啓照烏拉喜
崇阿
十一日晴　高祖妣戴太夫人忌辰得譜姪廿九信濟姪
廿七信復之洗足
十二日晴安姨太太忌辰得偉如端六信腿四個蝦油二坛
復之小暑
十三日晴
十四日晴
十五日晴
十六日晴

十七日晴申刻大雷雨風又晴
十八日晴晚大雨雷電風雨半夜
十九日晴剃頭雨又晴夜雷雨
二十日晴亞陶来八姪女来 初伏
二十一日晴
二十二日晴得濟姪六月十四信復之八姪女来住
二十三日晴 火德星君誕
二十四日晴 雷祖誕 年兒在南拜門康民夫人来坐二席
醉堂父子到京得壽名信復之
二十五日小雨得濟姪四月廿六信 紅頭繩陳皮筆記

豐盈最少

銀綬堂雜著

蔭兒　派吃肉

二十六日晴晚風雷電雨夜又雨

二十七日晴晚風雷電雨夜又雨

二十八日陰亞陶来午刻雨雷大暑晚晴涼

二十九日陰晴錯得怡姪二十信復之寄濟姪信

三十日晴慎生来中伏

七月初一日晴

初二日晴剃頭眉伯来得濟姪六月廿四信復之招官化去申正

夜雨

初三日小雨晴夜風雷電雨

初四日晴陸夫人忌辰
初五日晴
初六日晴寄玉弟信
初七日晴子婦備小酌司董姪女子婦眉伯年兒兩姬人坐一席晚風雷電小雨
初八日晴未桃来
初九日晴菊生来
初十日晴洗足
十一日晴得偉姪六月十七信復之寄濟姪羊皮統針線一匣怡姪信

十二日陰中刻晴晚風涼夜雨

十三日雨亞陶来晚晴立秋

十四日晴過節祀　先夜雨

十五日雨竟日夜

十六日晴交眉伯寄濟姪信

十七日陰晴錯眉伯出京得偉姪初一信濟姪初八信即復之

十八日雨亞陶来

十九日晴

二十日陰末伏

二十一日晴潮濕熱剃頭
二十二日晴雷雨仍晴範卿来夜雨
二十三日晴夜雨
二十四日雨　五世祖妣汪太安人忌辰風晴
二十五日陰晴錯艾圃来得濟姪十六信偉姪十一信復之申刻雨子與来夜大雨
二十六日陰晴錯申刻雷大雨又晴
二十七日晴
二十八日晴
二十九日雨處暑

三十日雨即晴少梅来

閏七月初一日晴

初二日晴未正雨雷又晴夜又雨至半夜

初三日晴風亞陶来

初四日晴得怡姪七月中信

初五日晴寄濟姪譜姪怡姪信

初六日晴剃頭　派閱考御史卷潘祖蔭瑞聯邵亨豫莊薛允升洗足

初七日雨得四弟濟姪三十信譜姪信復之

初八日晴梅孫来

初九日晴陰錯雨一陣又晴
初十日晴陰閻子與来夜大雷雨
十一日雨午後晴
十二日晴
十三日晴梅孫来以手卷花卉册求題
十四日晴白露曼生来腹瀉亞陶来
十五日晴亞陶来
十六日晴亞陶来退熱
十七日晴亞陶来
十八日陰亞陶来午初雨又晴夜大風雨雷

十九日晴亞陶来

二十日晴亞陶来

二十一日晴亞陶来晚雨風

二十二日陰晴間亞陶来得四弟十三信濟姪寄女眉伯信復之吟香送鴨[illegible]汁火腿答以糕一元醬豆付四罐

二十三日晴亞陶来八姑太太送石榴月餅風糕醬付

二十四日晴亞陶来

二十五日晴亞陶来

二十六日晴亞陶来

二十七日晴糊窗出恭亞陶来

二十八日晴祖得濟姪十九信復之亞陶来

二十九日陰晴錯亞陶来雨

八月初一日晴秋分亞陶来驗放大臣 派潘祖蔭崇禮薛

允升文慶麟範卿来

初二日晴剃頭

初三日雷雨仍晴亞陶来

初四日晴梅孫来

初五日晴以月餅銀魚雞豆菱角送蕤容亞桃来

初六日晴未初雨即晴大風又雨一陣

初七日晴亞陶来

初八日晴曼生来

初九日晴亞陶来小雨三陣

初十日晴以大饅頭五个圓餻一元蒲桃豆付面斤送孝達蒓客送平果柿子月餅螃蟹饅頭即送雪岑得濟姪初三信薰琴信洋烟燕菜復之雪岑送腿一月餅廿四个桶雞二隻石榴十个松花廿四螃蟹一合以火腿月餅石榴螃蟹送慎生

十一日晴亞陶来得碩卿信燕窩二匣龍眼肉二匣復之夜風以花糕桂元肉梨蒲桃送亞陶

十二日小雨風冷範甥送花糕肘子蒲桃梨茘蘭史送茄

南香串砂仁二筒衛生丸六一匣龍井四瓶
十三日小雨亞陶来蘭史来慎生送花糕紅肉芋乃
肚子海參肉元孝達送自来紅蛋糕石榴蒲桃
十四日晴剃頭
十五日雨午晴夜雨
十六日晴寒露
十七日晴
十八日 光禄公生忌晴
十九日晴
二十日陰以龍眼肉一匣桂花木耳一匣神曲四匣金經一部送

康民拆棚晴得竹年姪八月初一信肎伯信復之

二十一日陰文式如玉来見庚子同年丁未進士晚小雨

二十二日晴換棉袍褂

二十三日晴洗足

二十四日晴換季夜風

二十五日晴風

二十六日晴

二十七日晴　至聖先師誕　五世祖考敷九公生忌

二十八日晴亞桃来

二十九日晴惜凡来

三十日陰得四弟濟姪八月十九信復之

九月初一日　五世祖考敷九公忌辰晴霜降得順之

八月十六信復之

初二日晴　高祖開叁公生忌剃頭

初三日晴夜雨

初四日霧　謝太夫人生忌晴蔘舫来

初五日晴夜風李中堂来換黑領珠毛褂

初六日晴風梅孫来

初七日晴

初八日晴

孝
初九日晴
貞顯皇后梓宮奉移　普祥峪定東陵十七日
永遠奉安汪夫人忌辰
初十日晴吟（安）香来祖蔭　派驗放大臣同董興廉
清凱
十一日雨晴
十二日晴洗足
十三日霧晴　華祖廟拈香
十四日霧晴梅孫来夜風
十五日風晴

十六日晴立冬換羊皮冠珍珠毛袍褂白袖

十七日陰晴梅孫來

十八日晴亞陶來換江獺冠爪仁領黑袖灰鼠袍褂

十九日晴

二十日晴

二十一日晴剃頭

二十二日晴

二十三日小雨晴得四弟十二信濟姪十五信復之

二十四日晴子婦請賞菊小飲

二十五日陰 曾祖考貢湖公忌辰雨夜又雨

二十六日雨寄玉弟偉姪信夜雨
二十七日雨午晴夜風
二十八日晴 六世祖妣羅太宜人忌辰 高祖妣戴太夫
人生忌冷
二十九日晴 汪太夫人生忌梅孫来
三十日晴祀 先範卿来
十月初一日晴小雪祖蔭 派吃肉
初二日晴夜風
初三日晴風洗足
初四日晴文玉式如送燕窩二匣硯二方宝坤二匣葛布二端

初五日晴剃頭祖蔭 派驗放大臣同符珍烏拉喜崇阿
祁世長
初六日晴風梅孫来辭行祖蔭 派閱卷同董恂瑞聯錫
珍
初七日汪夫人生忌晴得偉如姪廿五信濟姪廿七信
復之并七政經緯怡姪廿七信復之
初八日晴子與来寄四弟信換白風毛褂
初九日晴
初十日陰 三曾伯祖忌辰 皇太后萬壽寄濟
姪信

十一日晴

十二日晴夜風

十三日晴冷亞陶来

十四日晴亞陶来風月食

十五日晴

十六日晴大雪得四弟初五信濟姪初六信復之

十七日晴　祖考忌辰亞陶来得壽銘信復之

十八日雪誼卿来得濟姪信扁尖四簍復之換本色貂帽褂緣

十九日陰微雪譚宗浚送葛紗袍料荔支龍眼二匣

橘紅一包蠟丸八包茶二瓶海味二包

二十日陰即晴康民送桌罩鹿肋康民来

二十一日晴亞陶来

二十二日晴三姪女来

二十三日陰彭七送燭雞桃麪夜雪

二十四日晴

二十五日晴三姪女来夜大風

二十六日晴

二十七日晴子與来

二十八日晴剃頭

二十九日晴

十一月初一日晴風滌生来送火腿二茶葉四瓶祀先

初二日冬至晴亞陶来夜大風

初三日晴冷大風

初四日晴

初五日陰洗足

初六日晴　六世祖其蔚公忌辰

初七日陰即晴得濟姪十月十六信復之

初八日晴風

初九日晴　祈雪

初十日晴招誼卿醉堂鳳石康民午集

十一日晴

十二日晴

十三日晴

十四日晴

十五日陰即晴

十六日陰即晴不寒汪五甥来

十七日晴夜大風

十八日晴夜大風得濟姪十月廿六信譜姪十九信復之

十九日晴醴泉来

二十日晴陳太孺人忌辰風

二十一日晴曼生来

二十二日晴誼卿来

二十三日晴亞陶来

二十四日晴

二十五日晴　五曽𣅀祖忌辰

二十六日晴訪誼卿仲恬

二十七日晴

二十八日晴剃頭

二十九日晴　祈雪香濤来夜風

三十日晴風

十二月初一日晴九芝来大寒
初二日晴夜雪
初三日晴招香濤斗南赤裕寉樵六希仲田玉雨午集掃房
初四日晴陸夫人生忌
初五日晴夜風
初六日晴風壽蘅来
初七日晴冷壽門送墨二合陳皮八瓶茶葉一箱南豐桔一包冬菇一匣笋尖一匣飯椀一對終葵兩幅風魚一坛得偉姪十一月初一信濟姪十二信復之亞陶来

初八日晴
初九日晴　祈雪夜雪三一指厚
初十日晴　高祖考聞叁公忌辰
十一日晴洗足風壽門来
十二日晴風
十三日晴
十四日晴亞陶来
十五日晴亞陶来冷
十六日晴立春蓺客送韃鴨東坡肉年糕百合以韃鴨紅肉
海叅年糕送雪岑

十七日晴得順之仲冬廿九信復之蔭兜 賞貂掛官幣膝

十八日晴誼卿来

十九日晴

二十日晴 祈雪

二十一日晴 文恭公生忌範卿来封印

二十二日陰晴以糟魚平果年糕穜子送慎生

二十三日晴送寵雪岑送肘子一對桶雞一對桃酥廿二匣糕十八桶廿二平果廿

二十四日晴 曾祖妣汪太夫人生忌康民送火腿平果糟魚年糕亞陶送雞子卅二枚黄精二匣口麻二包年糕

二十五日晴以平果肘子蛋糕饅頭答亞陶

二十六日晴得怡姪十二月十二信復之夜雪
二十七日晴得展雲廣庵信復之剃頭初三 三坛 祈雪
二十八日晴敨 神得濟姪初三初八信平坐信答之洗足
二十九日晴風 汪太夫人忌辰接竈暖 容吃年夜飯仲
田送魚野雞餑餑大容糕以年糕糟魚饅頭王瓜答之